JN055826

一般人な僕は冒険者な親友について行く
2
Ippanjin na Boku ha,
Boukensya na
著
ひまり

グレイス
魔法都市デウニッツの
落ち人専属のギルド職員で、
日本からの転生者。
佐藤《さとう》 春樹《はるき》
聖の幼馴染で親友。職業は「守護者」。
かなりのオタク脳で、
聖を困惑させることもしばしば。
新田《にった》 聖《ひじり》
ある日突然、異世界に迷い込んだ存在である
「落ち人」となった高校生。
職業は冒険者になれない「主夫」。
主な登場人物紹介
CHARACTERS

ウィクト
「エセカンサイジン言葉」を使う
聖たち専属のダリスのギルド職員。
ヘイゼン
デウニッツで聖たちに
魔法を教えることになった教授。
フレーラ
ダリスにある冒険者ギルドの
ギルドマスター。

1章　ダンジョンクリアの報酬《ほうしゅう》は

ごく普通の高校生、新田聖《にったひじり》は、ある日突然、親友の佐藤春樹《さとうはるき》と一緒に、異世界に迷い込んでしまった。

冒険者になるため、チートスという町のギルドに辿《たど》りついた二人は、異世界からやってきた人間が「落ち人」と呼ばれていることを教えられ、職業判定をする。

ところが、春樹の職業は強力な戦闘職である『守護者《しゅごしゃ》』であった一方、聖の職業は非戦闘職の『主夫』。そのため冒険者になれず、春樹の『付き人』として同行することになった。

二人はBランク冒険者ルーカスの指導を受けつつ、ダリスの町へと移動。

そこでレベル上げのために初心者向けダンジョン【砂漠《さばく》のオアシス】踏破《とうは》に挑戦し、無事にダンジョンボスを撃破する。

そうして聖と春樹は、二人でこの異世界を楽しむために旅をしようと決意するのだった。

ここはダリスの冒険者ギルド、ギルドマスターの部屋。

チートスのギルドマスターの部屋と同じような造りをしているが、一回り大きい。

そんな部屋に、四人の人間がいた。

やや緊張した表情でソファに腰掛ける聖と春樹。

そしてテーブルを挟んで座っている、以前一度だけ二人の前に現れた女性。

肩口までのふんわりとした、少しだけピンクがかった茶色の髪《かみ》を持つ、ギルドマスターの彼女——フレーラは、どうしようかしらと言うように頬《ほお》に手を当てている。

その横には、羊皮紙《ようひし》を挟んだ板とペンを持ち、真剣な眼差《まなざ》しの中にわくわくとした感情を隠しきれていない、聖たち専属のギルド職員——ウィクトがいた。

「お手柔らかにね？」

「あ、はい。よろしくお願いします」

おっとりと微笑《ほほえ》むフレーラに、聖は頬を若干引きつらせながらもなんとか答える。そして——

（……なんでこんなことに……）

現実逃避《げんじつとうひ》をするかのように、先ほどのことを思い出すのだった。


ダンジョン【砂漠のオアシス】を無事にクリアした聖と春樹は、数日ぶりに冒険者ギルドへとやって来た。

いつも通り依頼ボードに向かおうとした二人だったが、速攻ウィクトに捕まりそのまま受付へ連行される。

なぜかにこやかな笑みを浮かべているウィクトを前に、聖は不思議に思って尋ねた。

「……なにかありましたっけ？」

「いやいや、なんもない。ただちょこっと聞きたいことがあるだけや。カード、ええか？」

「「……？」」

聖と春樹は意味がわからず揃《そろ》って首を傾《かし》げつつ、促されるままカードを渡し、ウィクトが確認していくのを眺《なが》める。

「ああ、今回もレベルが上がってるな。二人ともレベルは13や」

「ありがとうございます」

すでに自分で確認済みだが、聖は頷《うなず》く。そして同時に、新しく手に入れた【受け入れし者】という称号について何か言われるかと身構えた……が、ウィクトにはその素振《そぶ》りはない。

一瞬だけ不思議に思うも、ステータスを隠せるという【主夫《しゅふ》の隠《かく》し事《ごと》】をためしに使ってみたことをすぐに思い出した。

どうやら本当に隠されていて見えないようだと感心していると、確認が終わったのかウィクトがこちらに向き直った。

「やっぱりクリアしたんやな、攻略おめでとうさん」

「……というか、やっぱりってなんだ？」

そういえば、攻略したらカードに記載《きさい》されるんだっけ、と内心で呟《つぶや》く聖の横で、春樹が訝《いぶか》しげに眉《まゆ》を寄せる。それにウィクトは笑って答えた。

「簡単なことや。一昨日だったか、初心者っぽいのと九階層ですれ違った言うてる冒険者がいてな。たぶん、二人のことやろなーと思ったんや」

聖たちは二人組の冒険者とすれ違ったことを思い出し、なるほどと頷く。

「それで本題やけど……どんなボスが出たか、クリアした冒険者には参考までに聞いてるんや。何種類かおるけど、どれやったかなーと」

もちろん強制ではないが、資料として残しているためできれば教えてほしい……と言われ、聖は一瞬だけ春樹と視線を合わせたあと、笑顔で告げた。

「ボスは魔物の集合体の巨人でした」

「……ん？」

「ダンジョン内に出る魔物の集合体のボス、です」

見事に固まったウィクトのために、念のため言い直し、笑顔で見守る。ちなみに春樹も笑顔である。

そのまま眺めていると、徐々に起動し始めたウィクトが頬《ほお》を引きつらせながら、なんとか口を開く。

「しゅ、集合体？　ティータイムの巨大化とか、フルーニューがダース で巨大化とか……じゃなくて、か？」

巨大化はともかく、ダース単位もちょっと嫌だなと思いつつ二人は頷く。

「……ほんまか……」

目に見えてぽかんとした表情を浮かべたウィクトに、聖は少しだけ同情してしまう。

（まあ、どう考えてもあれはおかしいよね……）

恐らく、落ち人のためのスペシャルなボスなんじゃないかというのが春樹の推論であり、聖も過去の落ち人がダンジョンを作る時にやらかしたんだろうなと思っていた。もっとも、初心者用のダンジョンと聞いていた身としては、なんとも迷惑なやらかしであったが。

「……なんでそんなもんが……落ち人やからか？　いや……でも過去の落ち人の記録でも普通のボスやったはずやけど……他に要因が……」

（……あれ？）

何やらぶつぶつと呟き続けているウィクトに、聖は嫌な汗が背中を流れたような気がして固まった。

（……え？　落ち人であることが原因じゃないって、まさか……職業に反応した、とかじゃ、ないよ、ね……？）

聖は否定してほしい気持ちで春樹を見て、そしてすぐに見なければよかったと思った。

親友の浮かべる満面の笑みに、「さすが主人公属性！　さすが主夫！」という聞きたくもない幻《げん》聴《ちょう》が聞こえた聖は視線を戻し、考えるのをやめた。知らない方がいいことは、世の中にはいっぱいある。

聖は頷いて、ウィクトに尋ねる。

「ウィクトさん、大丈夫ですか？　答えたのでもう行ってもいいですか？　いいですよね？」

「はっ⁉　ああ、大丈夫や。いや、というか、もうちょいお話ししよか」

聖は用件は終わったとばかりに切り上げようとしたが、なぜだか引きとめられてウィクトの言葉を繰り返す。

「……お話、ですか」

「……おう、お話や」

両者共に、にこやかな笑みを浮かべているが、なんとも言い知れない緊張感《きんちょうかん》がその場に漂《ただよ》う。

「なかなか興味深いお話やしな、もうちょい詳しく聞きたいなぁ思うて」

「そうですかー」

ウィクトのにこやかな表情の中に真剣な色を見つけた聖は、一瞬だけ春樹に目線で確認を取って、覚悟を決めた。

「そう言えば情報ってお金になるんですよね。いくら頂けます？」

「……なんや、ちょっと見いへんうちに逞《たくま》しくなったな……」

「そうですか？」

さらりと答えた聖に、ウィクトが目を細めて口の端《はし》を上げる。

ウィクトが抱いたのは、きちんと足が地に着いたという印象。これまでは二人から、どこか迷いのようなものを感じていたが、それが綺麗《きれい》になくなっていた。

「まあ、それは歓迎すべき変化やな――さて、持ってる情報はなんや？」

「そうですね……ボスの特徴と攻撃方法、ボスを倒したあとの宝箱の中身、とかでしょうか？」

ざっくり言うとこんな感じだろうと聖は告げる。

「……ちなみに今まで宝箱から出たのは、水の魔石や魔力・体力回復薬（上）、あとはダンジョン内に出る魔物のドロップ品の詰め合わせとかやな。それ以外か？」

「もちろんです」

回復薬（上）や詰め合わせが非常に気になるところだが、話が脱線するので仕方がなく横に置いて、聖は即答した。

するとなぜかウィクトから表情が抜け落ちたので、慌てて付け加える。

「あ、でもこれたぶん落ち人限定っぽいです。えっと、情報、いります？」

一般の冒険者には関係ない情報だと思うので無理に買わなくてもいいですよ、と確認してみたのだが、聖はこの世界の人間の落ち人に対する謎《なぞ》の情熱を甘く見ていた。

次の瞬間、ぐっと拳《こぶし》を握りしめたウィクトは「買わない選択肢なんてあるかいな！」と小声で叫ぶという器用なことをやってのけた。

「ちょっと相談してくるわ！　待っとってや！」

そして止める間もなくどこかへと走り去る彼の後ろ姿を、聖と春樹はぽかんと見送った。

「……なんか、凄いね異世界って」

「……ああ、凄いな異世界人」

それは相手も感じており、どっちもどっちであるということに、二人は気づかなかった。


——そうしてあれよあれよという間にギルドマスターの部屋に連れてこられて、フレーラと対面させられている、というのが今の状況であった。

(なんでギルドマスターまで出てきちゃうのかな……)

聖としてはそこまで重要なことではないと思っていたため、なんとも遠い目になってしまう。

ちなみに春樹は安定の春樹であり、何かを堪《こら》えるように手を膝《ひざ》に置き握りしめていた。彼の内心を言葉にするなら「テンプレ!」である。

もちろん聖は見なかったことにして、フレーラに視線を合わせる。

「ウィクトから聞いたけど、情報は全て買わせてもらうわ。残念ながら言い値で買う、とは言えないけど、相応の金額は用意するつもりよ。それでどうかしら?」

買ってくれるならばなんの問題もないと、聖は頷く。

「はい、お願いします。それで、どれから聞きたいですか?」

「そうね……まずはボスの全体像について。魔物の集合体とのことだったわね?」

「はい。具体的に言うと、頭や手や足にダンジョン内の魔物がそれぞれ集まって、見た目は完全に一つの巨大な魔物でしたね」

そして思い出せる限り、どの部分にどの魔物がいたかを伝えていくと、こちらの言葉の一言一句《いちごんいっく》も聞き逃さないと言わんばかりにウィクトが高速でメモを取る。

その様子を春樹は呆《あき》れたように、聖は純粋に凄いなと思いながら見やり、そのまま話を続ける。

「それで、それぞれの魔物が、好き勝手に攻撃してくる感じでした。あ、あと全体攻撃もありました」

「それは個々の魔物が一斉攻撃をしてきた、ってわけじゃないのよね？　どういうものだったのかしら？」

「そうですね……なんか丸い水球のようなものが多数出現して、それが落ちると地面が溶けました」

「「……は？」」

酷い攻撃ですよね、と遠い目をする聖の前で、フレーラがおっとりとした表情のまま固まり、ウィクトの手がぴたりと止まった。

聖は気にせず、にこりと笑ってそのまま進める。

「これでボスについては終わりですね」

「ちょ、ちょっと待ってくれるかしら？　その触れたら溶ける水球が多数出現して、攻撃してきたってことよね？」

「はい」

「……とても初心者のあなたたちの手に負えるようなものではないと思うのだけど、どうやって倒したのか聞いてもいいかしら？」

聖はこてりと首を傾げる。

「どうっていいますか……不思議ですか？」

「ええ、とっても不思議ね。それに、すごく興味があるわ……」

おっとりとした態度は変わらないが、何かの圧力がフレーラを中心に部屋の中をうっすらと支配する。それを感じたウィクトの表情がやや青ざめるが、彼が口を開くことはない。この場の決定権はフレーラにあった。

「教えてくれるかしら……？」

「そうですね……」

けれど、そんなものを気にすることもなく聖は微笑む。

正直なところ聖にとっては、特売品目がけて突撃するおばちゃんたちの威圧感の方がフレーラより上だと感じてしまったためである。比べるのもどうかと思うが、なんとなく似ていたため、むしろ懐かしさを感じてしまった。

ちなみに春樹は、聖がそんなおばちゃんたちを器用に避《よ》けて必要なものをゲットする場に何度となく荷物持ちとして立ち会っていたために同じく慣れており、若干呆れたように聖を見ていたりする。

「ざっくり言うと、奇跡と偶然です」

「どういうことかしら？」

「運が凄くよかっただけの結果なので、とても内容まではちょっと」

「運も実力のうち、ともいうのよ？」

「そうかもしれませんね。でも、その運の内容をわざわざ吹聴《ふいちょう》するなんて、なんか恥ずかしいじゃないですか。運やまぐれで勝てたのに、それをあたかも自分の力の如《ごと》く言うなんて、実力のない冒険者って言われません？」

そう言う聖に春樹も続く。

「だよな。そんなことを堂々と言う気にはなれねぇよな」

「だよね」

実にわざとらしく、うんうん、と頷き合う二人の様子に、話す気はないと理解したのだろう、フレーラが残念そうにため息をついた。それと同時に室内の空気が元に戻る。

「……まあ、仕方がないわね」

「ええ!?　ここからが重要なんやないですか!?」

「諦《あきら》めなさい、ウィクト。これはあくまでも善意の情報提供よ」

「……く、無念や……っ」

絶対落ち人特有の何かがあったはずやのに……というウィクトの呟きはある意味正解であった。

聖は内心苦笑する。

（まあ、ヒシャークのレアドロップ品の内容とか話せないしね）

なんでわかったのか、と問われた場合【主夫の目】のことまで話さなくてはならなくなるので、フレーラが追及をやめてくれたのは非常にありがたかった。

とはいっても、本当に運がよかっただけなので嘘《うそ》は何一つ言っていないが。

「では、次は宝箱から出たものを教えてくれるかしら？」

フレーラの言葉に、聖がポーチから魔石を、春樹が腕から外した腕輪をテーブルへと置く。

フレーラが興味深そうに見つめる中、ウィクトの手がまたもや高速で動き始める。その様子に二人は、まさか写生しているのだろうかと一瞬思うも、確認する気は起きなかった。

「これは、腕輪ね」

「はい【体力の腕輪】です。体力回復を多少早める効果があるそうです」

フレーラが心底感心したように、腕輪を手に取って眺める。

「……装飾品が出たのは初めてだわ」

彼女の驚きは装飾品が出てきたことに対してであって、その効果についてではなかった。

（まあ、そんな凄い効果があるってわけじゃないしね）

聖が納得していると、腕輪をテーブルに戻したフレーラが魔石を手に取り、首を傾げた。

「これはなんの魔石かしら？　水の魔石に似てはいるけど、少し色が濃いわね……？」

その戸惑うような声に、春樹は瞳《ひとみ》を輝かせ、聖は少し嫌な予感がした。

「えっと【炭酸水の魔石∞】です」

「え？」

「……たんさん、すい？」

未知の言葉を聞いた、と言いたげなフレーラとウィクトの表情を見て、聖と春樹は沈黙した。

二人はこの魔石の注目すべきところは『∞』だとばかり思っており、まさか炭酸水を知らないとは春樹でさえも予想外だったのだ。

これは確実に落ち人のやらかし案件——つまりダンジョンの設計者がこの世界にないものを作り上げてしまったのだろうと断定した二人は、どう説明したものかと悩む。

そして、春樹が閃《ひらめ》いたというように手をポンと打った。

「あ、飲んでもらえばいいんじゃねぇか？」

「なるほど！　それがいいね」

聖はすぐさまコップを出し、魔石から炭酸水を注ぎ、フレーラとウィクトの前へと置く。

「飲んでみてください」

「えっと、なんかしゅわしゅわしてるのだけど、飲んで大丈夫なものなのかしら？」

困惑するフレーラの横で、ウィクトがガしっとコップを掴《つか》んだ。

「よっし、男は度胸や！」

「あ、ウィク……」

そして聖が何かを言う間もなく、勢いよくコップに口をつけたウィクトは、その直後、見事に喉《のど》を押さえて咳《せ》き込《こ》んだ。

「ぐ、げほげほっ」

「あー、その、勢いよく飲むとむせるかもしれないのでゆっくり飲んでください……」

「……うう、もうちょい早く言ってや……でも、このしゅわしゅわしたの、なんか癖《くせ》になりそうやな」

もう一度、今度はゆっくりと飲むウィクトに、春樹がちょっと笑いながら言う。

「ああ、夏場とかに飲むと、より美味《うま》いぞ」

「うん、美味《おい》しいよね。フレーラさんもどうぞ。ゆっくり飲んでみてください」

「……ええ」

フレーラは、ちらりとウィクトを見てからコップに視線を戻すと、意を決したようにゆっくりと一口飲む。

そして次の瞬間、焦げ茶色の瞳を輝かせた。

「……美味しいわね。味はないけど」

「そうですね。あ、そうだ」

味、と聞き、思いついた聖はポーチからレモの実を取り出す。そして少しだけ切って、二人のコップへ果汁を数滴垂らし混ぜる。

「もう一度飲んでみてください」

「……今入れたのは、レモの実よね？」

若干だが、フレーラの頬が引きつった。死ぬほどすっぱいレモの実の果汁を入れて笑顔で飲めと勧めてくる落ち人に、いったいどうしたものかとコップを見下ろす。

だが、そんなフレーラの内心など知りもしない聖は、恐らくこの程度の分量でちょうどいいか足りないぐらいだろうと呑気《のんき》に思っていた。

試してはいないが長年培《つちか》われた主夫の勘を頼りに、笑顔で促す。

「たぶん美味しいですよ」

「……いただくわ」

たぶんなのか、と思いはしたフレーラだが、覚悟を決めて口へと運ぶ。そして一口飲んだあと、不思議そうな顔をしてもう一口飲んだ。

「あらやだ、美味しいわこれ」

「ほんまでっか!?」

そのフレーラの様子に、驚いたようにウィクトも一口飲み、そしてごくごくと飲み進める。

「く、まさかあの実がこんなにさわやかな味になるやなんて！」

飲み干したコップをどんとテーブルに戻して叫ぶウィクトに、実に静かにフレーラが問いかける。

「それは否定しないけど……ウィクト、あなたもしかして私に毒味をさせたのかしら……？」

「え!?　ま、まさか、そんなこと、あるわけないや、ない、ですか……はは」

なんとか誤魔化《ごまか》そうとしているウィクトだが、その盛大に引きつった表情と態度が全てを物語っていた。

そんな彼を助けようと思ったわけではないが、話が進まないので聖はフレーラに向かって声をかける。

「えーと、これで以上なんですけど」

「あら、ごめんなさいね？　この子とはあとでゆっくり話すことにするわ」

あとで話すのか、と絶望するウィクトに、思わず同情の視線を送る聖と春樹。だが、自業自得なので仕方がない。

「ちなみにこの『∞』はどんな意味かわかるかしら？」

この世界では使われていないマークなのだろうか？　と思いつつ、聖は言葉を選ぶ。

「恐らく使用制限がない、という意味だと思います」

「制限がない、ね」

フレーラは少しだけ何かを考えるように目を伏せ、そして口を開く。

「……この腕輪と魔石なのだけど、どうやって名前と内容を知ったのかしら？」

『まさか、そういうスキルとかあるのかしら？』と言いたげな彼女に、聖は一瞬だけ表情が固まりそうになったが迷うことなく答えた。

「あ、説明書が入ってました。残念ながら持ち出し禁止でしたけど」

無理があるかもしれないが、自分たちは落ち人である。多少、変わったことの一つや二つ増えたところできっと問題にはならないし、何よりフレーラたちにはそれが本当のことなのか確かめようがない。

なので、聖と春樹はそういうことにした。もちろん、この程度で痛むような心は持ち合わせていない二人は、笑顔で押し通す。

「とても親切な宝箱でした」

「説明書がなかったら、どうしようかと思ったよな」

聖の言葉に、春樹も笑顔で肯定《こうてい》する。

「……まあ、あなたたちは落ち人だし、そういうこともあるのかもしれないわね……」

やや不審そうではあるが、あまり追及する気はないのか、フレーラがため息と共に言う。そこには仕方がないとでもいうような、若干の諦めの色が浮かんでいた。

「えっと、こちらから提供できる情報はこれで全部です。いくらくらいになりますか？」

「そうね、それなりの金額にはなるのだけど――」

そこで言葉を切ったフレーラは、おっとりと微笑む。

「そのたんさんすい？　の魔石、売る気はないかしら？」

「ないです」

聖は即答した。悩む必要も、春樹と相談する必要すらない。

その返答を聞き、フレーラも「そうよねぇ」とあっさりと頷く。

いかにもダメもとで聞きましたという様子に、聖は首を傾げる。

するとフレーラは、人指し指を立てた。

「なら、中身だけではどうかしら？」

「……中身、ですか？」

「そう、中身だけ。容《い》れ物を用意するからそれに入れた分だけ、売ってくれないかしら？」

使用に制限がないのだったら、いい商売よ？　と微笑むフレーラ。

（……まあ、確かに）

正直、元手のかからない、とてもぼろい商売だと聖も思う。だが、良すぎる条件に若干の不安も感じていた。

「あの、今更なんですけど、炭酸水というものはこの世界にはない、という認識で間違ってませんか？」

「ないわね。少なくとも私が知る範囲では。だから、もし売ってくれるのならそれなりの料金で取引させてもらうわ」

「……ちょっと確認なんだが」

そこで春樹が口を挟んだ。

「俺たちが売ったあと、また別のところに販売したりすることはあるのか？」

「……そうね、可能性としてはあるわ」

なるほど、と頷いた春樹は聖に向き直る。

「売るのは……いいよな？」

「うん、いいよ」

漠然《ばくぜん》とした不安はあるが、売ること自体は聖も賛成なため、頷く。

それを確認した春樹は、フレーラに向き直ると「条件がある」と告げた。

「……何かしら？」

「そうだな……この炭酸水をギルドが外部に販売もしくは提供する場合、誰《だれ》がどうやってどこから手に入れたものなのか、一切を秘密にすること」

つまり、この【炭酸水の魔石∞】の存在も、見つかった場所も、もちろん所有者である聖と春樹の存在も、その全てを秘匿《ひとく》するということ。

実のところ春樹としては、情報の隠ぺいを徹底《てってい》する気はない。

何なら魔石の存在を知られること自体も構わないと思っている。けれど、それは今すぐではない。

特別な、それも価値があるものを知れば、どうにかして手に入れようとする者がいる。それはどの世界でもきっと変わらない。つまり、炭酸水という珍しいものを生み出す魔石は、そういった人々に狙われるということだ。

それを危惧《きぐ》するなら最初から売らなければいいのだが、炭酸水に価値があることを知った今、お金に換えないという選択肢はない。

結局のところ、春樹は時間が稼げればいいと思っていた。その間に稼いだ金で必要なものを買い、レベルを上げ、身を守れるようにしたかったのだ。

そんな春樹の考えを全てではないが、大体理解して聖は息をつく。

(……うん、それならちょっと安心かも)

感心したようにうんうんと頷く聖の前で、フレーラが手を口元に添え、少しだけ考えてから口を開いた。

「……一か所だけ、例外にしてもらうことは可能かしら?」

首を傾げる聖と春樹に、少しだけ言い辛そうにしながらフレーラは言う。

「サンドラス王国の王族、あそこだけはある程度情報を提供しておいた方がいいわ」

「理由はあるんですよね?」

尋ねた聖に、もちろんとフレーラは頷く。

(あれかな、チュートリアル依頼の関係かな……)

聖が思い出したのは、落ち人に対する最初の至《いた》れり尽《つ》くせりな依頼だった。

確かあの依頼は、サンドラス王国からのもので、かかった経費などは全てサンドラス王国が支払うことになっていた。そしてステータスを含めた落ち人の簡単な情報が、サンドラス王国の王族へ知らされるという話だったはずだ。

そのため、サンドラス王国の名前が出てきたことには、それほど驚かなかった。

「実はあなた方の情報があちらへ渡ったあと、落ち人が関係してると思われる情報で売れるものは他にあるか、と問い合わせがあったのよ」

「「え？」」

思わず声を上げる二人。なぜだ、という疑問がそのまま顔に出たのか、フレーラが苦笑する。

「正直、珍しいことよ。どうやらあなたたちの何かが興味を引いてしまったらしいわ。だからある程度の情報を渡して、あなたたちの意思を伝えておいた方がいいと思うの」

「興味って……あの、渡った情報って最初に調べたステータスぐらいですよね？」

「そうね」

このステータスの何に興味を持ったのだろうかと考えた聖は一瞬だけ「……主夫？」と思うも、それはないと思い直す。となると原因は春樹にある。

納得した聖は、ぽんと手を叩《たた》いた。

「うん、守護者は珍しい職業だってバルドさんも言ってたしね」

「いや、聖。ある意味レアって言われた自分の職業を棚に上げるな」

――つまりは両方とも興味を引く理由になる職業であった。

えー、と納得いかない表情の聖を置いて、春樹はそのまま話を先に進める。

「先ほどの条件をサンドラス王国の王族にも守らせることができるなら、例外にしてもいい」

「もし、できない場合は？」

「それならサンドラス王国の王族への販売は認められない」

春樹はきっぱりと告げる。

ただ情報を売るなと言うのは簡単だったが、人の口に戸は立てられない。

炭酸水の噂《うわさ》はどこかしらから広まり、サンドラス王国の耳にも必ず入るだろう。

情報を欲しているサンドラス王国が落ち人の仕業だと勘付き、後々面倒なことになるのならば、最初から条件をつけた上で売ることを許可すればいい。

そうすれば、情報漏洩《ろうえい》をしないという信用を守りたいギルドとしては、どうにかしてサンドラス王国に条件を守らせるはずだ。

そんな考えを読み取ったフレーラは、少しだけ困ったような、呆れたような表情を浮かべた。

「……そんなに警戒しなくてもいいでしょうに」

「そうですか？」

「そうでもないだろ」

聖はきょとんとして首を傾げ、春樹は即答する。

二人は、警戒などいくらしても足りないと思っている。

異世界も冒険者も、何もかもが初心者。ましてや、比較的安全なところから来た住人であるという自覚がある。この世界で生まれ育った人たちとは、根本的な意識が違うのだ。

考えすぎなほど考えてもなお、何が危険で何が安全なのかわからないのだから――

「……いいわ」

フレーラが、ふっと息を吐く。

「条件を呑《の》むわ。あそこの王族も、約束は守るから安心なさい」

その言葉に、二人はほっと息をつく。

「あと、この条件は全ギルドに適用させても構わないかしら？」

「えっと、それは他のギルドでも売買ができるっていうことですか？」

聖の言葉にフレーラが頷く。

「この規模の取引になるとカードに記載する必要があるのよ。だから、他のギルドに立ち寄った時に取引の情報を知られることになるわ。それだったら、最初からギルド全体との取引にしておいた方が、余計な騒ぎが起こらずに安全よ」

凄いなギルドカード、と少しずれたことに感心しつつ聖は春樹に声をかける。

「どうする？」

「いいんじゃないか？　それに他でも売るなら、ここで決めといた方が面倒がないだろ」

「そうだね」

確かに楽な方がいいのでそうしようと聖が頷くと、それを確認したフレーラがウィクトに視線を向ける。

「では決まりね。すぐに用意するわ。ウィクト、マジック樽《だる》を三つ用意なさい」

「え？　俺がですか？」

実に不本意そうなウィクトに、フレーラが微笑む。

「あなた以外、誰がいるのかしら？」

「はい、すぐに‼」

ダッシュで部屋を飛び出して行ったウィクトを見送って、フレーラは彼が置いていった羊皮紙とペンを取る。

「これから取引する内容は、基本的にはギルド職員しか見られないわ。あなた方が落ち人だという情報と同じで」

先ほどの条件を書いているのだろう、その視線は手元から離れない。その状態のまま、さらりとフレーラは告げる。

「でも、貴族や王族のもとにいる【鑑定眼《かんていがん》】のスキル持ちや、王族が持つ宝玉《ほうぎょく》は別。あれは全てを明らかにするらしいから、面倒事が嫌なら近づかない方がいいわね。できれば、だけど」

「「……」」

『確実に無理でしょうね』という副音声が聞こえてしまい、二人は沈黙した。

こちらから近づく予定などもちろんない。だが、相手から近づいてきた場合はどうするべきだろうか。

ヤバかったら全力で逃げようと春樹は決意し、聖は【主夫の隠し事】は果たしてどこまで隠してくれるのだろうかと遠い目をした。

そんなことを考えながら待っていると、ウィクトが戻ってきた。どうやら全速力で来たらしく、かなり息が切れている。

苦笑した聖がコップに炭酸水を注ぐと、嬉《うれ》しそうに飲み干す。コツを掴んだようで、むせることはない。

「っく、やっぱ美味《うま》いわぁこれ！」

「一息ついたなら、出しなさい」

「はい、まずは一つっと」

そう言ってウィクトが手に持っていた袋から出したのは、ワインが入っていそうな大きな樽。

ウィクトは注ぎ口のついたそれをテーブルの横の空いたスペースへ、どんっと置いた。

それを聖と春樹はまじまじと見上げる。

「えっと……？」

「……でかい、な」

結構な大きさであった。

そんな二人に、フレーラが告げる。

「これは状態保存の魔法がかかった樽よ。これに入れてくれれば品質は保てるのだけど、何か注意事項はあるかしら？」

聖は少しだけ考えて口を開く。

「この樽に入ってる間はたぶん大丈夫ですけど、状態保存の魔法がかかってない容器に入れた場合、時間と共に炭酸……えっと、このしゅわしゅわしたのがなくなっていくと思うので気を付けてください」

「ただの水になる、っていう解釈《かいしゃく》でいいかしら？」

「はい」

「そう、気を付けるわ。それじゃあ、まずこの樽に入れてもらえるかしら？　三樽分欲しいから、魔力量によっては今日全部じゃなくてもいいわ」

その言葉に、聖は少しだけ怪訝《けげん》な表情を浮かべる。

（……？　フレーラさんたちが入れたらいいんじゃ……）

そんな聖の疑問がわかったのだろう、フレーラが苦笑した。

「これは納品の取引だから、注ぐまでがあなたたちの仕事になるわ」

なるほど、と納得した聖にフレーラが続ける。

「それに、これは他にはない魔石よ。自分の手から離した際にすり替えられたり、どこかに行ったりしてしまうこともないとは限らない。だから、気を付けなさい」

どれだけ考えて警戒しているつもりでも、やはりどこか抜けてしまう二人にとって、それはとてもありがたい忠告だった。素直に頷く。

「じゃあ、入れますね。上から、でいいんですよね？」

「あ、ちょい待ってな」

ウィクトが上の蓋《ふた》を開け、足もとに台を置く。お礼を言ってそれに上った聖が注ぐこと暫《しば》し――問題に気づいた。

「……これ、全部溜《た》まるまでに炭酸抜けたりしないよね……」

「……あー、ちょっと遅いよなこれ……」

聖の言葉に、横から覗《のぞ》き込《こ》んだ春樹も困ったように眉を寄せる。

コップに注いだりする分にはちょうどよい水量だったのだが、この大きさいっぱいとなるとかなり時間がかかるだろうと予想できた。

「もっとドバッと出たりしないのか？」

「うーん、ドバッと」

春樹の言葉に、聖は考える。

（えーと、ドバッと……蛇口《じゃぐち》を捻《ひね》って全開にする、みたいな？）

その瞬間、ものすごい勢いで魔石から炭酸水が出始めた。

「……あっれ？」

「……出たな」

「……出たねー」

これで大丈夫そうだとフレーラとウィクトに視線を向けた二人は、そのまま固まった。

そこにいたのは、唖然《あぜん》とした表情を隠しもせず聖の手元を凝視《ぎょうし》するフレーラと、瞳を輝かせたウィクト。

実は、基本的に魔石から出るものの量は常に一定とされており、どれだけ魔力を込めようとそれが変わることはない。けれど、そんなあたり前のことを知らない二人は、フレーラたちが驚いている理由がわからなかった。

「えっと……何か？」

だが、よくわからないが何かをやらかした感が半端《はんぱ》ないことだけは理解できた。

もしかしたら、こんな勢いで出てはいけなかったのかも、と思いつつ、聖はとりあえず笑みを浮かべてみる。

「――さすが落ちびっ」

「注ぐ量が調節できるなんて凄いですねこの魔石！」

何かを言いかけたウィクトを聖は遮《さえぎ》った。

「……いえ、凄いのはたぶん魔石じゃなくて」

「凄いよなただの水の魔石とは違うよなやっぱ！」

すかさずフレーラの言葉を春樹が遮る。

魔石が凄いんですよねさすがボスを倒した宝箱から出た魔石ですよねわかりますそれで何か？

もはや落ち人が原因なのか主夫が原因なのかは不明だが、全てを魔石のせいにしようと二人が笑うと、フレーラが仕方なさそうに苦笑した。

「……そうね、凄い魔石だわ」

「ええっ!?」

「凄い魔石なんですよウィクトさん」

「……はい」

聖が輝くような笑顔で言うと、なぜだかウィクトが素直に頷いた。

その有無を言わさぬ表情が、若干フレーラに似ていると思われていることなど知らない聖は、少し怪訝な表情を浮かべるも、すぐにまあいいかと思い直した。

その後もドバドバと炭酸水を注ぎ込み続け、あっという間に一樽がいっぱいになると、聖はそのまま二つ目の樽へと取りかかる。

「大丈夫か？」

「んーと、たぶん」

聖は春樹へと首を傾げつつ答えるが、手を止めることなく二つ目の樽もいっぱいにする。

そして三つ目、最後の樽に取りかかろうとしたところでフレーラに止められた。

聖はなんだろうとフレーラに顔を向ける。

「どうかしましたか？」

「いえ、一応確認なのだけど……魔力は大丈夫なのかしら？」

そう問われ、聖は困ったように答えた。

「えっと、正直なところわからないです」

「わからない？」

怪訝そうな表情のフレーラに、聖は頷く。

「はい。魔力が完全になくなったらたぶんわかると思うんですけど、どのぐらい減ってるかとか、そういうのがわからないです」

そう、魔力が体から抜けていくのはわかるし、魔力切れになればボス部屋の時のように意識がなくなったりするのだろう。けれど、総量がどのくらいで、残りがどのくらいなのか、それが聖にはわからなかった。

その返答に、フレーラが今更気が付いたと言うように、口元に手を当てる。

「……そう、だったわね。失念していたわ。魔法を誰かに師事《しじ》したことなんてないわよね……」

「ないですね」

きっぱり答えると、フレーラが困ったように眉を寄せる。そして、満杯になった二つの樽を見て、聖へと視線を戻す。

「残りはハルキ君に任せた方が安全だと思うのだけど、どうかしら？」

「そうですか？　春樹、どうする？」

大丈夫そうな気はするけど、と思いつつ聖が問うと、春樹はさらりと答えた。

「ん？　残りも聖で大丈夫だろ」

「そう？　んじゃ入れちゃうね」

実にあっさりと続行が決定。

何か言いたげな表情を浮かべるフレーラとウィクトだが、どんどん溜まっていく炭酸水と、けろりとした表情の聖を見ているうちに、それは苦笑へと変わっていった。

「……いくら魔力消費が少ないとはいえ、この量を入れるなんて……」

「……さすがは落ち人っちゅうことですね」

そんな感心したような呟きは、ドバドバと注いでいる聖には聞こえない。ちなみに春樹には聞こえているのだが、聖の魔力量が多いのなんて主人公属性なんだからあたり前だろうという認識なので、特に気にしなかった。

そんな意思の疎通《そつう》があるのかないのか微妙な中、聖は無事三つ目の樽も入れ終わった。

「はい、終わりました」

「ええ、確かに……念のための確認なのだけど、本当に魔力は問題ないのね？」

「問題ないです！」

やりきった、どこか清々《すがすが》しい気分のまま聖が笑顔で返事をすると、フレーラが一瞬だけ目をつむり、そしていつものようにおっとりとした笑みを浮かべた。

「それでは取引の仕上げね。まずカードに先ほどの条件を記載するわ」

確認して、と渡された羊皮紙の内容を見て、特に問題ないので返すと、フレーラは目の前に置かれた宝玉にそれを翳《かざ》した。すると、羊皮紙は吸い込まれるようにその中へと消え、机に置いたカードに小さな光のシャワーが降り注ぐ。

「はい、これでいいわ」

光が消えたあとに残ったのは、何も変わらない白いギルドカード。

聖と春樹が思わず手に取ってしげしげと見てしまうのも仕方がないだろう。異世界って本当に不思議だな、と二人は心底思った。

「さて、今回の情報料と取引、その代金をお支払いするわ。ウィクト」

「はい」

「「……？」」

ウィクトによってトレーに載せられ、目の前に置かれたそれを見て、二人は首を傾げた。

金貨よりも一回り大きく、何か花のような文様《もんよう》が銀色で描かれているそれは、見たことのない硬貨だったからだ。

その様子に、ウィクトが笑う。

「大金貨や。まだ見たことないやろ？」

大金貨。確か金貨の上の硬貨だったな、と思い出してから、聖と春樹は揃って顔を上げた。

「――え？」

「――は？」

二人は冷静に、ウィクトの言葉を反芻《はんすう》する。大金貨。つまり金貨十枚分。

「……え？　なんで？」

「……情報料か？　それとも炭酸水か？」

「両方、と言えば両方なのだけど。どちらかというと、後者の値段かしら？」

もちろん、最初だけよ？　と笑うフレーラに、驚きつつも、なんとか頷く。

「これ以降は、そうね、樽一つで金貨一枚くらいかしら？」

それでも破格だった。聖は思わず間の抜けた声を上げる。

「……そんなに、価値があるんですね、炭酸水って」

「それはそうよ、どこにもないものは総じて高いものよ」

「そうや、特に美味《うま》いとなおさらや！」

「あー、よくわかりました」

勢いよく主張するウィクトに聖は苦笑して、ようやく驚きから復活した頭が動き始める。

「ちなみに、この大金貨って、通常使われてますか？」

「あまり使わないわね、王都とかでは使うのだけど。金貨で渡した方がいいかしら？」

「はい、できれば」

目立つことこの上ないお金など、聖は使いたくない。それに屋台などで大金貨を使って支払おうものなら、相手が困ることは想像に難《かた》くなかった。

「あと、半分は銀貨にできますか？」

「ええ、大丈夫よ」

「お願いします」

そしてお金を受け取って、一気にお金持ちになった二人は、ほくほくとした気分で冒険者ギルドを後にする。

外へと出ると、すでに夕暮れ時だった。

道理でお腹がすくはずだと、二人は顔を見合わせて苦笑する。

「んー、なんか楽して儲《もう》けたって感じなんだけど」

「ああ、まさかあんなにするとはな……」

とりあえず目についた屋台で串《くし》焼《や》きを買い、その傍《そば》にある木の陰へと腰を下ろす。串はもちろんウッサーの肉だ。

「それより俺は、ギルドがあの炭酸水を情報込みで、サンドラス王国にいったいいくらで売るのかが気になるな」

串肉を齧《かじ》りながら、かなり吹っかけるだろ、あれ、と春樹がぼやく。

「あー、だろうね。大金貨どころかその上までいったりしてね」

「はは、まさか！」

「だよね！」

ありえない予想を振り払うように笑うと、今日は臨時収入が入ったからゆっくりしようかと、二人は宿へと向かうのだった。

2章　魅惑《みわく》の魚

そして翌朝、二人はダリスの裏口から出て少し離れた場所に来ていた。

目的は、目の前を流れる川にある。

「んー、いるかな？」

「そうだな……なんかいるような気配はあるんだが……」

何かはわからん、という春樹に、聖は釣竿《つりざお》を手渡す。丈夫そうな木の枝に、これまた丈夫そうな紐《ひも》を結んだだけの超簡単なものである。

ここに来る途中、道具屋などを覗いたが、釣竿らしきものが見当たらなかったので仕方がない。

とはいえ、本当に釣れるのかは疑問だったが。

そんなお手製の釣竿だが、あとは紐の先に何か餌《えさ》を括《くく》り付《つ》ければ一応の完成である。

「……餌は何にする？」

「……そういや聖は、釣りってしたことあるのか？」

「いや、ないよ。父さんが釣ってるのを見たことはあるけど。春樹は……ないね」

「ああ、もちろんないな！」

胸を張ってきっぱりと否定する春樹に、聖はもう一度胸中で、だよね、と呟く。この手のことで、春樹に期待してはいけない。

聖はどうしようかと思いつつ、アイテムの在庫を確認しながら口を開く。

「うーんと、餌は……いっぱいあるからウッサーでいいよね」

「そだな。えっと、これを……？」

「貸して」

聖は細く切ったウッサーの肉を、紐でぐるりと巻くように結ぶ。針金っぽいものがあればよかったのだが、それも見当たらなかったので仕方がない。

「はい、どうぞ」

「ん、さんきゅー」

それをぽちゃっと川へと垂らすと、浮かんだ。

そこでようやく、そりゃそうだ、と聖は気づく。あれだけ脂肪《しぼう》が多い肉だったら浮いてもおかしくない。

これはいけないと慌てて回収し、適当な布で石を包み、それを餌の少し上に括り付けて再び川へと垂らすと、今度はうまく沈んだ。あとはひたすら待つのみ。

「……」

「……」

風が頬を撫《な》で、時折どこからか遠吠《とおぼ》えのようなものが聞こえる。

遥《はる》か彼方《かなた》上空を何かが横切るたびに、地上に影を落とすのを、二人はただぼーっと見ていた。

「……釣れないな」

「……釣れないね」

約一時間経過したが、釣竿はピクリとも動かない。

どうしたものかと川を覗き込むと、濁《にご》っているわけではなく、むしろ透き通っている。

けれど、なぜか川底がまるで見えないことに聖は首を傾げる。

(……まあ、異世界だしね)

そんな魔法の言葉を胸中で聖が唱《とな》えていると、春樹が川に手を入れながら言った。

「んー、いっそ入ってみるか?」

「いや、深さがわからないし、なんか危なくない?」

「そうだな……聖が言うならやめるか」

あっさりと引いた春樹に、聖は頷く。

「でも、どうしようか? やっぱ魚、いないのかな?」

「……いや、いる。魚じゃないにしても、何かはいるんだ」

気配はある、とじっと川を見つめる春樹に、聖も同じようにじっと見つめてみる。

だが、聖にはやはり気配など欠片《かけら》もわからず、遠くの草原へと視線を移した。

「んー、やっぱ僕にはわかんな」

「あっ？」

「……い？」

何かに驚いたような春樹の声に、聖は逸《そ》らしていた視線を再び川へと向ける。すると、川から顔を出した何かと、割と至近距離で目があった。

（……目？）

聖はきょとんと、それを見つめる。つるりとした丸い頭にぎょろりとした瞳。体の両側からヒレのようなものが見えている。

同じくそれを見つめていた春樹がぽつりと呟いた。

「……魚？」

「……え、凄い見てるけど……」

そう、ものすごく見られていた。しかも気づけばその数、五匹。

五対の瞳がひたすらこちらをじーっと凝視している様子は、正直夢に出そうな光景であった。

だが、あまりにも突然すぎてどうしていいかわからない状況に、聖と春樹もじっと見てしまう。

そして、暫し見つめ合ったのち、川面から出た頭が突然膨《ふく》らんだ。

「「……へ？」」

次の瞬間、ピュッと何かがこちらに飛ばされた。慌てて避けながら距離を取る二人だが、全部は避けきれず少し当たってしまう。

「うわっ……て、痛くない、けど」

「ちょ、生臭《なまぐさ》！　これ生臭!?」

思わず春樹が叫ぶ。

そう、なんだかねばっとしたその液体は、とても生臭かった。

二人はすぐさま【洗浄】でそれを落とし、液体が飛んでこない距離までさらに下がる。

「うわー、まだ見てる」

「なんだあれ？　とりあえず『見て』みるか……」

「……あー、そうだね」

正直、いくら魚といえども食べられる気はしなかった。町で魚料理を見なかったのもひょっとしたらこのせいかもしれないと二人は思う。

そんな残念な気持ちでいっぱいになりながらも、二人は【主夫の目】を発動させて鑑定した。


【マーボンフィッシュ】

胴体を真ん中でぶった切ったような見た目をした魔魚。

飛ばしてくる液体に害はなく、ただひたすら生臭いだけ。

とても食い意地が張っており、ウッサーの肉が好物だが、生は嫌いという我儘《わがまま》っぷり。

調理手順によっては食べることができる。


内容を確認して、思わず聖が叫んだ。

「食べられるの!?」

「……いや、食べられるが美味《うま》いとは限らないんじゃないか？」

いろんな意味で一気にテンションが上がった聖に対し、冷静に突っ込む春樹。いつもとは逆だが、こと食に関しては仕方がない。

「うん、調理手順が大事だもんね！」

「ああ、うん、そうだな」

輝くような聖の笑顔に、春樹はそれ以上突っ込むことなく頷いた。

そんな春樹の様子を気にすることなく、聖はいまだにこちらを凝視している魔魚たちをびしっと指さす。

「さ、あのマンボウもどき、早くどうにかしよう！」

「……あー、やっぱマンボウだよな。この説明……」

「うん」

胴体を半分ぶった切ったような魚など、聖にはマンボウにしか思えないし、名前からいっても恐らく間違っていない。

そもそもマンボウ自体、あのフォルムで普通に生きていることに常々疑問を感じていた聖だが、この世界に登場したことには、なぜか心底納得してしまっていた。

そう、異世界ならば、この見た目でもなんでもありである、と。

「えーっと、まずどうしようか。正直あんまり近づきたくないよね」

意気込んでどうにかしようと言ったはいいが、実際にどうしたものかと聖は唸《うな》る。

いくら【洗浄】があるとはいえ、あの液体を再び被るのは避《さ》けたかった。本当に生臭いのだ。

「そうだな。とりあえず飛ばしてみるか」

そう言うと春樹は剣を取り出し、ひゅっと風の刃を飛ばす。が、川の中へと潜《もぐ》り込んであっさりと避けられる。その結果は多少想定していたため落胆《らくたん》はしない。

けれど、再び水面に顔を出したマーボンフィッシュたちのその表情が、ふふん、とどこかこちらを馬鹿にしたように見えた。

「……っ、すげー腹立つ！」

「あ、うん、気持ちはわかるけど、抑えて抑えて」

「ああ、なんか挑発《ちょうはつ》してるぞあいつら！」

「……あー……」

ヒレを一斉にぴちぴちとするその様子は、完璧にこちらを嘲笑《あざわら》っていた。さすがに聖も少しイラッとする。

「……ウッサーの肉が好物なんだよね……」

小さく呟いた聖はウッサー肉を取り出し、己《おのれ》のスキルにある【レンジ】という場所に放り込み、温めを選択。

そして、待つこと数秒、チン、という聞き慣れた音が脳内に響く。取り出すと、ほかほかに加熱されたウッサー肉が出てきた。

「お？　あいつらの顔色が変わったぞ？」

春樹の言葉通り、マーボンフィッシュたちは先ほどとは打って変わり、余裕のない、獲物《えもの》を狙うギラリとした瞳でこちらを凝視していた。

どうやら本当にウッサー肉が好物らしい。釣り餌に引っかからなかったのは、生だったからだとわかる。

だがそうなると、普段はいったい何を食べているのかが、聖は少々気になった。

「で、それどうすんだ？」

「ん、こうする」

手のひらよりも大きな肉の塊《かたまり》を、聖は長めの紐の先に括り付け、マーボンフィッシュたちの目の前、川岸ぎりぎりへと投げる。

五対の瞳がじっと、それを狙うように見つめる様子を眺めること数秒。

五匹の頭が前へと倒れるような前傾姿勢を取った瞬間、聖は思いきり紐を引っ張った。

「春樹！」

「おう！」

掛け声と共に、春樹が剣を横に薙《な》ぎ払《はら》う。すると餌に釣られて飛び出してしまったマーボンフィッシュたちの尾びれのようなものを、風の刃が切り裂く。

そして勢いをなくし、ぼとりと地面に落ちたマーボンフィッシュに駆け寄りすぐさま止めを刺すと、春樹は実にすがすがしい表情で聖に向き直った。余程腹が立っていたようだ。

「……よっし、とりあえず五匹全部釣れたな！」

「うん、すぐに捌《さば》くね！」

さあ、お魚だ！　とテンション高く魚を捌こうとして、聖は固まった。春樹も止まる。

「……え？　なんで？」

「……黒い、な」

「……うん」

マーボンフィッシュは、先ほどまでのつるりとしたやや青みがかった色ではなく、なぜかどす黒く変色していた。いかにも毒があります、と主張していて、到底食べられる気はしない。

けれど、一縷《いちる》の望みをかけて、二人は無言でもう一度【主夫の目】で見てみる。


【マーボンフィッシュ】

レモの実の果汁をかけることで、食べることができる。

淡白な白身は煮ても焼いても蒸《む》しても美味《うま》い。

けれど何もせずにそのまま食べると地獄《じごく》を見ることになるので要注意。

でも死にはしない。


「「……おお……」」

思わず二人は感嘆《かんたん》の声を上げる。

どうやら生きている時と倒した後で、鑑定内容が変わることもあるようだ。相変わらず食材に関しては無駄《むだ》に高い性能に感心しつつも、口がニンマリするのを抑えられない。

聖はそれをちゃっと取り出した。

「あってよかったレモの実！」

ウキウキと、レモの実の果汁を魚にかける。

するとすぐに、うっすら光を放ってどす黒さがなくなり、普通の黒へと変わった。どうやらあのどす黒さが、地獄を見る元のようだ。

そのまま五匹全てにレモの実の果汁をかけ、一匹を残して全て収納する。

そして、ちょうどお昼になったのもあり、食べてみることにした。

「何にしようかな……とりあえず捌くけど」

「まずは定番の焼き魚が無難か？」

「そうだねー、それがいいか、も……ん？」

手頃な石があったので、それをまな板代わりにしようと魚を置いた聖は、その横に隠すように置かれている手のひらサイズの壺《つぼ》に気が付いた。なんだろうと思いつつ春樹に見せながら【主夫の目】を発動させる。


【秘伝の壺】

マーボンフィッシュの超レアドロップ品。

どこに隠していたのかは謎だが、甘い液体が入っている。

一説には甘党だという噂もあったりなかったり。


「マジか！　超レアだ！」

「うわー、危なかった。気づかないとこだったよ……中身は、っと」

目を輝かせる春樹をよそに、聖は中を確認する。壺の中身は、粘《ねば》り気のあるとろりとした透明《とうめい》な液体。聖は少しだけすくって舐《な》めてみた。

「――――！　これ水飴《みずあめ》だ！」

「うわっ、本当だ！」

すかさず春樹も舐めて声を上げる。

二人にとって本当の意味でのレアドロップ品であった。

二人は瞳をギラリと光らせて川を見る。正確には、そこにいるはずの魔魚たちを。

「もっと欲しい！」

「確かに！」

こんな小さな壺に入った水飴なんて、きっとすぐになくなってしまう。

だが問題は『超』がつくレアドロップ品であるという現実。いくら運がいいとはいえ、そうそう手に入るとは思えなかった。

二人は暫しじっと川面を見つめ、そして気持ちを落ち着かせるために息を吐く。

「……よし、とりあえず昼食」

「ああ、狩るかどうかはあとだな」

「うん。じゃあせっかくだから、焼きと煮つけ作るね！」

気持ちを切り替えて、聖は言う。せっかく水飴が手に入ったのだ、煮つけを作らない理由はない。

「うん、大きいっていいね！」

大きな魚なので捌くのに多少手間取ったが、そのおかげで一匹で焼きも煮つけも十分できる。

焼きは綺麗な白身に少しだけ塩を振って網に載せ、煮つけは鍋にダンジョンのドロップ品である昆布醤油《こんぶしょうゆ》や水飴などを入れて煮込む。生姜《しょうが》が欲しいところだが、今はないので諦める。

そして、待つこと暫し。

「うー、美味しそう！」

「まだか？　もうよくないか？」

「……うん。もういいよね！　食べよう！」

白身魚のじゅうじゅうという焼ける音と、煮つけの甘い醤油の香りに、待ちきれないとばかりに春樹が箸《はし》を持ち、許可を出した聖も皿を用意。

まずは焼き魚から。

「すっごい美味しい！　身がふわっふわ！」

「いい塩加減だなコレ！」

身はふわふわで、少しだけ振った塩が魚の味を引き立てている。今度は蒸したものも作ろう、絶対美味しい、などと話しながら二人はぱくぱくと食べる。

そして、次は煮つけ。完全に味が染みるには、まだ時間がかかるのだが、春樹も聖も待てないので食べるしかない。

「って、なにこのとろける感じ……」

「焼きと全然違うな……」

一口食べて、二人は驚きに目を見張った。

確かに味の染み込みはまだ甘いのだが、そんなことなど気にならないほどの食感。とろりととろけるような舌触りに、驚きの言葉しか出ない。

「なんかすっごく美味しいんだけど、この魚」

「ああ、食べないなんてもったいないよな」

「きっと食べ方知らないんだろうね、ホント【主夫の目】って便利！」

「……この情報もギルドに持ってったら、きっと買ってくれるだろうな」

「あー、確かに」

もはや食材とお金という、ダブルで美味しい魚のいる川にしか見えない風景を眺めながら、ひたすらもぐもぐと食べ続ける。

とはいえ、そんな中でも周囲の警戒だけは決して忘れていなかった。

聖は目の届く範囲だけだが、春樹はきちんと周囲の気配を探っている。

けれど危険な、こちらに悪意のある魔物だけを気にしていたため、見知った人物の接近には全くの無警戒であった。よって――

「って、何やっとんねん⁉」

結構な至近距離で叫ばれ、二人は飛び上がった。


遡《さかのぼ》ること数時間前。

炭酸水を巡る怒涛《どとう》のような一夜を過ごした翌日、ウィクトは商店街を歩いていた。時刻はもうすぐ昼になるだろうか。目についた屋台で串肉を数本購入し、歩きながら食べる。

昨日は夜遅く、というかほぼ朝方までフレーラと炭酸水の売買についての案件を詰めていたウィクトは大変寝不足であった。

今頃はきっとフレーラがサンドラス王国の王族との、売買という名の戦いをしている頃だろう。ややぼんやりした頭でそんなことを思いながら、目的地である裏門へと向かう。

正門とダンジョンの入口は確認したので、あとはこの場所だけであった。

徐々に人通りが少なくなり、裏門へ近づくと、こちらに気づいたのだろう門番が手を挙げている。それに返しつつ、ウィクトは口を開いた。

「お疲れさんです。変わりはありませんか？」

「ああ、今日も平和だな」

「それはよかったです。ところで今日、長身で目つきが鋭いのと、それより小柄で大人しそうな見た目の二人組の冒険者、通らへんかったですか？」

そう、ウィクトは聖と春樹を捜《さが》していた。

そのため割とざっくりした、けれど的を射ているだろう特徴を告げると、門番は少し考えるも、比較的あっさりと頷いた。

「ああ、いたな。まだ初心者っぽい冒険者だろ？　楽しそうに出ていったぞ」

「どこら辺に行くとか、言うてましたか？」

「特には……いや、でも確か……川がどうとか言ってたか？」

「川ですか……わかりました。おおきに」

お礼を言って、外へと出る。

基本的にギルド職員には、冒険者を抑えるためと己の身を守るために、ある一定以上の強さが求められる。

そのため、比較的魔物が強くないこの近辺の探索を、ウィクトが躊躇《ちゅうちょ》する理由はなかった。だからといって、油断することはないが。

「んーと、川っちゅうとレモの木があるとこか」

頭の中に周辺地図を広げ、迷うことなく足を進める。

(……ああ、そや。ちょうどええし、レモの実も採《と》ってこか)

炭酸水とセットで売れば、酔っ払いにしか使い道のなかったレモの実の需要が高まるかもしれない。それに何より美味しい。

そんなことを考えつつ歩いていると、レモの木が見えてきた。その向こう側には目的の川がある。

「いるといいんやけど」

そもそもウィクトが聖と春樹を捜しているのは、フレーラからの言伝《ことづて》があるためだった。

次にギルドに来た時でいいんじゃないかとウィクトは思ったのだが、フレーラ曰《いわ》く、なるべく早い方がいいとのこと。なんでも、落ち人は気づいたら町からいなくなっているのが定番だから、らしい。

よくわからないのだが、いつの間にか全然別の場所にいたという意味不明の現象が、過去にはざらにあったようだ。本当に意味がわからないのだが、落ち人やしな、とウィクトは己を納得させる。

祖先にいたという落ち人のことなどウィクトは全く知らない。しかし、初めて接した落ち人である聖と春樹は、確かに自分たちと違っていた。

ダリスに来てからまだそんなに日が経っていないというのに、爆弾的情報提供が多すぎる。これが落ち人なのかと、そのたびにウィクトは戦慄《せんりつ》と共に感心していた。

こうしてギルドに落ち人由来の変な情報が蓄積《ちくせき》されてきた、というわけだ。もっとも、完全に間違った情報でもないため、落ち人にとってある意味では自業自得であった。

「さて、まずはレモの実をちょい貰《もら》うかな」

歩きつつ、さあ採れと言わんばかりに下りてきた枝から、いくつか実を取る。レモの実は人が近づくと勝手に枝を下げてくるため、採取も楽なものである。

そうして採っていると、ふと、ウィクトの鼻先を何かの匂《にお》いが掠《かす》めた。

「ん？　なんやこの香り？」

甘いような香ばしいような、とてもお腹がすく香り。

ウィクトはそれにつられて、生《お》い茂《しげ》るレモの木の間を歩く。そして、木の向こう側に川が見えたところで、こちらに背を向けて座る聖と春樹を見つけた。

「お、ここにいたんか」

見つかってよかったと、声をかけようとしてウィクトは思わず止まる。

香りの発生源はどうやらここらしいが、いったい何をしているのか。そう首を傾げながらもゆっくりと近寄る。

そして、背後からそれが見える位置まで来た時、ウィクトは思わず叫んでいた。

「って、何やっとんねん!?」

彼にとっておかしな光景が、そこにはあった。


「うわっ、と、びっくりするじゃないですかウィクトさん！」

「しかも近い！」

思わず落としそうになった箸を持ち直しつつ、聖たちは声の方を振り返る。

「どうかしたんですか？」

「なんかあったのか？」

二人が訝しげに問うと、ウィクトは一度深呼吸をして、にこりと笑みを浮かべる。

「いや、ちょい用事があったんやけど……それよりそれはなんや？」

「「それ？」」

なんの用事だろうかと気になりつつも、二人はウィクトが指し示す方を見る。

そこにあるのは、焼かれた魚と煮つけの鍋である。二人にとって特に変なものは何もない。揃って首を傾げる。

「何って、魚です。食事中ですけど……」

「食べてるだけだよな……ああ、魚が珍しいのか？」

はっと思いついたように春樹が言い、聖もぽんと手を叩く。

しかしウィクトは頭を抱えた。

この町で魚を見ないだけで、ウィクトは食べられる魚の存在を知っている。そのため、どこから調達したのかは気になったが、今の問題はそこではない。

「……そうやなくてな。なんで外でこんな本格的なクッキングしてんねん!?」

いつ魔物が襲ってくるかわからない野外で、どうしてここまで堂々と料理ができるのかとウィクトは叫ぶ。

だがそんなウィクトの懸念《けねん》など二人には通じない。顔を見合わせ首を傾げる。

きちんと魔物の警戒はしている。なんの問題があるのだろうかと二人は本気でわからなかった。

「あんな、普通の冒険者は、基本的に外で調理なんてしぃひんのや！　携帯食料とか、あらかじめ作っといたもん食べんねん！　ダンジョンの安全部屋とは違うんや！」

そんな彼らにウィクトは一生懸命《いっしょうけんめい》、普通の冒険者について語る。だが、二人は困惑するばかりだ。

「えっと、でもルーカスさんと野営した時は、外で肉焼いたりしてましたよ？」

「ああ、肉焼いたりキノコ焼いたり、普通に調理してたよな？」

「………あの人は、ちゃうねん」

基準がルーカスなら、そりゃあこうなるとウィクトは頭《こうべ》を垂れた。

聖と春樹に冒険者としての常識を教えていたルーカスは実のところ、ちょっと、いや、かなり普通とはかけ離れている。人柄や実力的には問題ないが、ある意味では人選ミスであった。

「そもそも携帯食料なんて食べたことないです」

「あー、干し肉も結局不味《まず》くて調理したもんな」

「まさかあれが普通なの？　……無理、食べられない」

「だよなー」

それを普段食べている他の冒険者が聞いたら、果たしてなんと言うだろうか。

ウィクトは頬を引きつらせるも、もうこの二人の考えを変えるのは無理だと判断した。なにせ落ち人は食にうるさい人種と聞いている。仕方がないだろう。

「あー、うん、あらかじめ調理しとくことも、考えてや……」

それだけ言うのが精一杯なウィクトに、二人は呑気に頷く。

「はい、十分気を付けます」

「ああ、もうちょい気を付けるな」

「ホント、気ぃ付けてや……」

苦笑しながら返し、気を取り直して料理を見たウィクトは眉を寄せる。

（……？　なんや？）

とてもいい匂いがするし、魚なのもわかる。だがウィクトにはそれがなんの魚なのか見当もつかない。

「……これ、なんの魚や？」

「あー、これ、ですか……」

魚は知ってるんだ、と聖は思いつつも、どうしようかと迷うように春樹に視線を向け「……言う？」と首を傾げる。

その様子に、何やら嫌な予感とある種の期待がウィクトに湧き上がった。

「……いいんじゃないか？　たまたま、だし」

「……そうだね。たまたま、だしね」

まあいっかと頷き、聖はウィクトに向かって答えた。

「マーボンフィッシュです」

もっとも、言われた方は何を言われたのかを理解できなかったのだが。

「……？　なんやて？　もう一度言うてや」

「だから、マーボンフィッシュ、です」

「……」

告げられた単語を脳内で反芻《はんすう》したあと、ようやく意味のある言葉として理解する。

そして、その単語にウィクトは血相を変えて叫んだ。

「マーボンフィッシュ!? ちょ、食べたんか!? 食べてもうたんか!?」

「お、落ちついてください！」

「んなわけいくかい！ あの、想像を絶する不味さで食べたら三日三晩うなされて幻覚を見て抜《ぬ》け殻《がら》のようになるって言う魔魚や！ 落ち着いてなんかいられるかい！」

「「………………」」

なるほど、地獄を見るとはそういうことかと二人は静かに納得する。同時に、確かに死にはしないなと妙な感心をしつつ、慌てるウィクトを宥《なだ》めた。

「いや、大丈夫ですって」

「そんなわけけっ」

「いいから食え！」

「あるかっいっ!?」

面倒になった春樹が、焼いた白身をウィクトの口へと突っ込む。

目を白黒させながら吐き出そうとしたウィクトだが、口を押さえて、止まった。

そして、あれ？ という表情のまま暫しもぐもぐとしてから呑み込んだ。

「……美味《うま》いやん」

呆然《ぼうぜん》とその言葉を口にする。

そして、春樹から箸を、聖から皿に盛った煮つけを差し出されると、何かに操られるように受け取って、そのまま口へと運ぶ。

「なんやこれ！　ものっそい美味《うま》いやんか！」

かっと目を見開き、あっという間に完食。さらに焼いたものを追加。そして、それも綺麗に完食。

信じられない現実に、いまだ目を白黒させながらウィクトは呟く。

「……これ、ほんまにマーボンフィッシュか？」

「ええ、間違いなく」

「……俺が聞いてたんは、なんやったんや……？」

「いや、間違いじゃないだろ。確かにアレは食べたらヤバイやつだし」

あのどす黒い色を思い出して言う春樹に、ウィクトが訝しげな視線を送る。

それに気づいた春樹は、にやっと笑って言った。

「もちろん、この情報も買ってくれんだろ？」

「もちろんや！」

一ミリの躊躇《ためら》いもなくウィクトはいい返事をする。

その反応に、言った方は若干引きつつもマーボンフィッシュを釣るところから実演してみせる。

「……ほんまや」

どす黒さがなくなる過程を見て心底驚くウィクトが、ここに至るまでの理由を聞いてきたが、二人が選んだ答えはもちろん「偶然」の一択。

つまり『倒したマーボンフィッシュの上に、たまたま持っていたレモの実の果汁が振りかかったらこうなった』である。

昨日、炭酸水にレモの実の果汁を搾って入れるのを見せていたので、無理のない設定である……はずだと二人は思うことにした。

けれど、半信半疑どころか九割方信じていない目をしたウィクトが「そもそも、なんで食べようと思ったんや？」と聞いてきたので、理由第二弾。

『故郷では魚を食べる文化があった』という実にあたり前の理由で、二人は押し通した。

そんな返答に納得したのかしていないのか、ウィクトがぽつりと呟いた「……まあ、落ち人やし……」という言葉を聞いて、二人は『ほんと、落ち人って不思議だなー』と、目を逸らした。

その後、フレーラに実際に見せたいと言うので、レモの実をかけて食べられるようになったものと、かける前のものを渡すと、さらになぜか調理済みのものも要求された。

（……これは食べたいだけのような気が……）

と、ウィクトの表情を見て思った聖だが、見なかったことにして渡した。ちなみに春樹は呆れた眼差しを隠すこともしなかった。

「んじゃ、明日詳しい打ち合わせするんで、ギルドに来てや」

「わかりました」

心なしどころか誰が見ても浮かれた様子で、ウィクトは戻っていき、その姿が完全に見えなくなってから二人は気づいた。

「あ、そういえば用事ってなんだったんだろ？」

「忘れるくらいなら、たいしたことじゃないだろ」

「そうだね。明日でいっか」

どうしても今日でなければならない用事なら戻ってくるだろうと結論付け、二人は再び川を見る。

「さて、今のうちにたくさん釣ろっか」

「おう、あってよかったアイテムボックス、だよな」

どんなにものが増えても重たくならないし、かさばらない。

特に聖のアイテムボックスは、容量制限がないときた。となればもう、釣るしかないと二人は意気込む。

他の地方に行ったら、もしかしたら巡り会えないかもしれない食材だ。悔いが残らないよう、備《び》蓄《ちく》は必須である。

「あ、それならレモの実も、もっとあった方がいいよね。結構あるけど」

「そうだな。なんかまだいろいろ使えそうだしな。どんだけあっても困らないだろ。むしろうっかりなくなった方が困る」

「だよね」

酔いざましになったりマーボンフィッシュを食べられるようにしたりと、よくわからない不思議な力がある、かもしれないレモの実。

【主夫の目】のレベルが上がれば謎が解ける日もくるだろう、たぶん、きっと。

（……くるかな？）

己の持つスキルに、若干どころではない疑いを持つ聖だったが、信じるしかないので疑念はぽいっと放り投げて前向きに捉えることにする。

そうして二人は、釣り上げたマーボンフィッシュと採取したレモの実を、日が暮れるまでひたすらアイテムボックスへと入れるのだった。


翌日、昼前に二人はギルドへと向かっていた。

昨日は宿屋ではなく、誰も来ないだろうと思われるダンジョン二階層の安全部屋で休み、しっかりと魚料理を堪能《たんのう》した。もちろんきちんとご飯も炊《た》いてから食べたお魚は、とても美味しかった。

そうして、やはりご飯と魚のセットは素晴らしいと話しながらギルドに到着した二人だったが、なぜか目の下に盛大にクマを作ったウィクトによって、すぐさまフレーラのもとへと連行された。

「……いらっしゃい、二人とも」

出迎えたフレーラはおっとりと微笑んでいるのに全く目が笑っていない。ウィクトほどではないが、目の下にはうっすらとクマが見えた。

「……こんな立て続けに情報提供をしてくれるなんて、とてもありがたいわ」

「全くありがたくなさそうなんですけど。ていうか、なんか寝不足ですか？」

なぜだか大変いたたまれない雰囲気に、聖はにこやかに会話を試みるが、フレーラの笑みが深まるだけだった。

「ええ、おかげさまで」

「えーと」

正直マーボンフィッシュのことは、食べられるようになって、しかも美味しくてラッキーくらいにしか考えていなかった。だが、このフレーラの様子だと、考える以上に大事《おおごと》のようだ。

ありがたいけど連続でこんな情報持ってこないでくれるかしら、とそのオーラで語るフレーラに、聖と春樹は顔を見合わせると、笑顔で向き直った。

「そういえば、炭酸水の方はどうなりました？」

「サンドラスも、条件は守ってくれそうなのか？」

二人はわざとらしいほど速《すみ》やかに話題を逸らした。別名、スルースキルの発動ともいう。

ウィクトが苦笑いし、フレーラがため息をつくが、気にしない。

「はあ、まあいいわ。もう話し合いは終わったわよ。無事契約は成立ね」

「え、早くないですか？」

「なんか、通信手段とかあるのか？」

あまりの速さに二人は驚く。

「ええ、ギルドや主だった施設、あと王族のところには、そういう機能の宝玉があるの。相手の姿と声が浮かび上がって、決まった契約書だけはやり取りできるようになってるわ。ちなみに炭酸水そのものは通常手段で送らないといけないんだけど、運搬《うんぱん》依頼として受ける？」

そう聞かれ、二人は即答でお断りした。

契約を守れる王族のようなのでひと安心ではあるのだが、好《す》き好《この》んで近づきたいとは思わない。

だが、フレーラはさらに勧めてくる。

「そう？　結構いい依頼料なのよ？」

「いや、それどう考えても嫌がらせだよな？　厄介事《やっかいごと》への最短距離だよな？」

「あら、いやだわ。ちょっとくらい苦労すればいいのに、とか思ってないわよ？」

「思ってるだろ！」

残念そうに、けれどコロコロと笑うフレーラに、春樹は頬を引きつらせる。完璧に遊ばれていた。

ちなみにその光景を見ながら、おもしろいなー、と聖が思っていたのは秘密である。

若干不貞腐《ふてくさ》れたように黙った春樹を横目でちらりと見ながら、聖は口を開く。

「とりあえず、そっちはいいです。いくらで売ったのかなーとか、かなり吹っかけたんだろうなーとか、思うことはありますけど」

「……ええ、いい売買ができたと思うわ」

「それはよかったです」

この様子じゃ本当にかなりの金額で売ったな、と思いつつ聖はにこりと笑う。

「じゃあ、本題に入りましょうか。昨日、ウィクトさんに渡した情報はどのくらいの価値がありますか？」

「そうね、広めてから一月《ひとつき》もすれば、専門の屋台ができるでしょうね。ギルドへの納品依頼も増えるし、食堂での取り扱いも始まって、経済効果がものすごく期待できるわ」

そう語ったフレーラは、そこでいったん言葉を切ると、頬に手を当ててやや困ったように続けた。

「……さらに言うと、この国の王への献上《けんじょう》も視野に入れているのだけど……」

いきなり飛び出した単語に、聖と春樹は驚いてフレーラを凝視する。

「え？　献上って、なんですか？」

「いや、食べられるものがちょっと増えただけだろ？」

「今まで食べられなかったものが食べられるようになるって、凄いことよ？　でも、そうね、それでも普通なら献上まではいかないのだけど……」

では、なぜ今回は献上まで考えているのか。そんな思いを込めて聖と春樹が視線を送ると、なぜかフレーラの横にいたウィクトが拳を握って力説し始めた。

「美味《うま》かったからや！」

「「は？」」

「美味《うま》すぎたんや！　こんな美味《うま》いもん、舌の肥《こ》えた上のお人らに隠しとったら、怒られるやないか！」

「「…………」」

実に正直で、だがばかばかしく、そしてある意味説得力のある理由だった。

だが、これまた厄介事の気配しかしないので、聖はすぐさま釘を刺す。

「えっと、情報源は秘密でお願いします」

「……公開すればきっと、情報料も含めてお金とかいろいろ貰えるわよ？」

だが面倒事もまとめて貰うのだろうと、春樹も頷かない。

「いや、断固として辞退する」

「……ほんとにたくさん、貰えるのよ？」

「お断りします」

「ギルド側で貰ってくれ」

取りつく島もない二人の様子に、フレーラが残念そうに息をつく。

「……はあ、面倒だわ。ウィクト、あなた交渉に行かない？」

本当に行きたくないのだろう、嫌そうな表情を隠しもせず視線を向けるフレーラに、ウィクトは腕で大きく「×」を作り、さらに全力で首を横に振っている。

まあ、そもそも落ち人の専属であるウィクトが行けば、情報源が落ち人だとわかる者にはわかってしまうので、行くことはできない。それにしてもここまで拒否することはないだろうと、フレーラのみならず、聖と春樹も思った。

呆れたような視線をウィクトに投げかけ、フレーラは再度重たいため息をついた。

「はあ……。話を戻すわ。それで提供してもらった料理を食べたのだけど、調理法は教えてもらえないかしら？」

「調理法、ですか？」

「ええ、焼いた方じゃなくて、味のついた方よ」

思ってもみなかったことを言われ、聖は考えるように首を傾げる。

煮つけの調理法なんて、調味料を入れて味がしみ込むまで煮込むだけだ。それほど珍しいことだとは思わないし、あえて教えるほどのものでもない。

ではいったい何が知りたいのかと考えて、そして気づいた。

（……あ、もしかして調味料のことかな？）

宝箱から出た昆布醤油と、マーボンフィッシュの超レアドロップ品である水飴。

この世界にも醤油はあるが、それがどのくらいの品質かはわからないし、水飴も食材として認識されているのか、実に怪しいところだ。

（これは、ちょっとダメっぽいよ、ね？）

ちらりと春樹を横目で見ると、静かに首を横に振ったので、返答は決定した。

「企業秘密です」

「残念だわ」

「……無念や……」

仕方ないわね、と微笑むフレーラと違って、がっくりと肩を落としたウィクトはショックを隠さない。

そんなに食べたかったのか、と少しだけ可哀相《かわいそう》な気持ちになったので、あとで少しだけ差し入れしてあげようと聖は思った。

そして、用意された情報料は、金貨五枚。炭酸水の時よりは少ないが、十分高額だった。情報源を秘密にしなければもっと高いわよ、というフレーラの悪魔の囁《ささや》きは、先ほどと同じように断固として拒否した。

と、そこで、ふと聖は思い出す。

「そういえば昨日のウィクトさんの用事って、なんだったんですか？」

「……言ってないのね……」

フレーラがため息をつき、ウィクトが「あ」と口を開いたまま固まった。どうやら今まで綺麗に忘れていたらしい。

「まったくこの子は……用事というのは、これを渡すからギルドに来て頂戴《ちょうだい》という案内よ」

「これ？」

差し出されたのは、何かの印で封がされた一通の封筒。

「必要だと思って。魔法都市デウニッツへの紹介状よ」

「「え？」」

二人が不思議に思っていると、フレーラが説明してくれた。

——魔法都市デウニッツ。

そこは魔法を習うことのできる都市である。デウニッツ以外でも魔法を学べる場所は様々あるが、その質は比べるまでもない。最高峰と言われる魔法理論と実技が学べるとあって、憧《あこが》れる者は後を絶たないという。

もちろん特殊な都市であることから、誰でも入れるわけではない。比較的条件は緩いのだが、紹介状が必要な場所だった。

その紹介状を、フレーラはくれるという。

「えっと、それはありがたいんですけど……」

聖は困惑する。

フレーラの話しぶりだと、貴重なもののはず。そんな簡単に貰っていいのかと、フレーラを見る。

ちなみに春樹は先ほどから、『魔法都市』というワードに浮かれてお花畑状態で、意識が遠いどこかへと旅立っているので放っておく。

「落ち人だから優遇されるというのももちろんあるのだけど、魔法を学んでおいた方がいいと思ったのよ」

あなた方の様子からして、とフレーラは言う。

「でも、それならわざわざこんな凄いところじゃなくても、他にありますよね？」

「あら、でもどうせ学ぶならレベルの高いところで学びたいでしょう？」

「それは、そうなんですけど……」

聖はどうにも、釈然《しゃくぜん》としない。言っていることは確かに正論で、嘘は言っていないとわかる。けれど、それが全てではないと感じるのだ。というか、何か裏がある気がしてならないというのが正しい。

そんな思いを込めて訝しげにじっと見ると、フレーラが苦笑した。

「最初は本当に純粋にお礼のつもりだったのよ？　とても有益な情報と商品をくれたから。でも、そうね……マーボンフィッシュでちょっと事情が変わったかしら」

「ってことは、やっぱり何かあるんですか……」

「そんなたいしたことじゃないわ。ただちょっと、マーボンフィッシュの取引をしている間、手の届かないところにいてほしいだけよ」

そう前置きして、フレーラはその意図を説明してくれた。

恐らく、こういった食材関連の情報に関しては、情報源を知りたがる者がことさら多いはずだ。

だからこそ、この近辺にいて疑いをかけられるくらいなら、いっそ遠くへ行った方が面倒が起きず、安全だろうと。

それを聞いた聖は、そういうことならと頷いた。

面倒事を避けられて、さらに魔法を覚えられるなら万々歳である。加えて魔法都市といういかにもファンタジーな都市だ。ぜひとも行ってみたい。

「じゃあ、お世話になります」

「ええ。ついでに一つ、依頼も受けてくれないかしら？」

「え？」

「国境のある町、グレンゼンまでの護衛依頼よ。魔法都市デウニッツへ行くにはグレンゼンを通るの。だからちょうどいいでしょう？」

そうフレーラが微笑むが、なぜかウィクトがいい笑顔で頷いているのが聖はとても気になった。

「……護衛依頼って、Eランクの僕らに頼むようなものじゃないと、思うんですけど」

ギルドの依頼ボードにあった護衛依頼は、Cランク以上だった。人の命を守る仕事だから、やはり難しいのだ。冒険者になりたてのペーペーになんて、普通は頼まないだろうと聖は思う。

けれど、フレーラは問題ないと言い切った。

「依頼者はギルド。ギルドの馬車を使って、ウィクトが行くから大丈夫よ」

その言葉と、グレンゼンが国境の町だという情報で、聖はピンときた。

「……えっと、もしかして、サンドラス王国に炭酸水を運ぼうとしてますか？　炭酸水の運搬依頼は受けないって、言いませんでしたっけ？」

「ええ、だからグレンゼンまでの護衛よ。受け渡しはそのあとウィクトが行うから、あなたたちが関わることはないわ」

そう言われると確かに問題ない気もした。それに馬車の確保ができるというのも、とても大きい。

そんな風に聖が考えていると、いつの間にか正気に返っていた春樹が「なるほど」と頷いた。

「つまり、情報漏洩《じょうほうろうえい》を防ぐためだろ？　他の護衛を雇ったらバレる可能性もあるだろうし、かといって一人だと怪しまれる。それなら数合わせとして俺たちが同行した方がいいってことだな」

「あ、そっか。確かに本当だったらウィクトさん一人でも問題ないもんね」

思わず納得して、聖は手を叩く。なにせ基本的にギルド職員は強いはずで、それならほぼ戦力にならない自分が受けても気が楽だろうと思い直した。

「ええ、それほど気負わなくても大丈夫だと思うわ」

「そや。些事《さじ》は任せとき」

フレーラが肯定し、ウィクトも否定しない。

それならいいか、と二人は承諾《しょうだく》。出発は三日後の早朝とのことなので、準備のためにギルドをあとにしたのだった。

外に出ると、昼を完全に過ぎていたが食事をとることにした。

あと数日でダリスを離れるのだからと、初日にルーカスに連れて行ってもらった食事処《しょくじどころ》へ向かう。

頼んだのは以前気になったメニュー、ワイバーン定食と花畑丼《はなばたけどん》だ。

多少値が張ったが、どんな料理だろうかとおっかなびっくり待っていると、それはやってきた。

「「…………」」

衝撃的だった。

異世界の食材に多少でも慣れてきたと思っていたのだが、まだまだ甘かったようだと、二人は並べられた料理を見る。

ワイバーン定食は、簡単に言えばステーキだった。じゅうじゅうと肉の焼ける美味しそうな音がしているが、その肉の周りを炎が躍《おど》っていた。文字通り。

思わず店員を呼び止めて聞くと、これは小型の火属性ワイバーンの肉であり、調理するとこうなる、らしい。ちなみに炎は触っても火傷《やけど》しないと言われたので触ってみたが、熱くも冷たくもなかった。

意味がわからないと、二人は顔を見合わせる。

「異世界って、凄いね」

「ああ、まったくだ」

ワイバーンは、ダリスの外の、まだ行ったことのない森の奥にいる比較的メジャーな魔物とのことだ。もちろん聖と春樹のレベルで倒すのは、到底無理だった。

「うわっ、外はカリカリ、中はジューシー！　凄い美味しい！」

「お、ホントだ！　……早くこれが狩れるくらいになりたいよな……」

「同感」

うんうん、と頷きながら食べる。

強くなる理由が聖のみならず、オタク的思考の春樹でさえもズレてきているが、仕方がない。誰だって美味しいものが食べたいと思うのは、あたり前のことだ。

あっという間に食べ終え、次の料理へと移る。食べ盛りな二人にとってこのくらい余裕だ。

そして出てきたのは、これもまた、なんともいえない見た目だった。

花畑丼と言うくらいなので、確かに赤や白やピンクといった小さな花々が見事に咲《さ》き誇《ほこ》っていて綺麗ではある。

けれど、この丼の問題は見た目ではなかった。

『ちょっと、あなた聞きまして？』

『あら、こっちも聞いてくれなくちゃいやよ』

『もうっ、こっちが先って言ったじゃないっ』

「「…………」」

喋《しゃべ》っているのは、丼の中にいる花たちである。

目や鼻や口があるわけではない。ただちょっとわしゃわしゃと花弁を揺らしていて、なぜか声が聞こえてくる、それだけだ。

どうしていいのかわからず、二人が再び店員を呼び止めると、箸で刺せば止まりますよ、という大変物騒《ぶっそう》な返答を笑顔でされた。

勇気をもって実行すると、確かに止まった。小さな叫び声が聞こえた気もするが、二人は気のせいだと思うことにする。心の平穏的に。

「……うん、甘い？　辛い？」

「いや、むしろ塩辛いような、いや甘い？」

そうして口にした花畑丼は、なんとも首を傾げてしまう味だった。

美味しいとか不味いとか、そういうレベルじゃなく、味が複雑かつ広範囲なのだ。どうやら、花の色で若干味が違うらしい。

さらに言うと、丼という名だが下にご飯があるわけではなく、全部花。もしかしたら、どんぶりに入っているから丼だという、間違った落ち人情報が伝わっているのかもしれない。

これは聖と春樹から見たら、どんぶりに入ったサラダであった。

「にしても、これだけいろいろ味が違うなら、お菓子《かし》とかに使えそうだよね」

「それはいいな！　でもどこに生えてるんだろうな。かなり喧《やかま》しそうだけど」

「あー、うるさそう。耳栓《みみせん》とか必須かも」

「だな」

今度ウィクトに聞いてみようと話しながらも無事完食。もちろん、サービスのコーヒーもきっちり飲んで、店をあとにした。

そして、まだ日暮れまで多少時間があったので、昨日と同じくマーボンフィッシュを釣りに行く。

あの様子だと、きっと需要がものすごく高まって簡単に釣れなくなることが予想できるので、今のうちに釣りまくるのが正解だと思っての行動であった。ついでにレモの実も採る。

「んー、あと欲しいドロップ品て、ある?」

「そうだな……ティータイムと、あと宝箱も少しかな。調味料、欲しくないか?」

「そうだね。使うもんね」

液体の調味料関係は、ダンジョン【砂漠のオアシス】の宝箱からしか手に入らないかもしれない。

そう考えて聖は春樹に同意する。そのうちこの世界の醤油も買ってみようとは思うのだが、やはり慣れた味の方がよかった。

「あー、じゃあ明日も外で、明後日はダンジョンて感じ?」

「ああ、その合間にちょっと買い物、だな」

「了解」

その予定通り、翌日はひたすらマーボンフィッシュを釣りまくり、幸運にも二つほど水飴もドロップした。

ちなみにその途中、他の冒険者が不思議そうに近くを通り過ぎていったが、特に話しかけられることもなかったため、二人は気にせず釣り続けた。

そして、その次の日はダンジョンに潜った。ひたすらティータイムを倒し、そしてこちらも宝箱を二つ開けた。聖が開けたので、中身はもちろん調味料。

出てきたお酢《す》と焼き肉のタレに、聖はもはや何も言うことはない。

テンション高く笑い転げる春樹を前に、聖は無言でそれらを収納した。もちろん、その日の夜にはしっかり堪能した。

その合間に、野菜類やお米を買い足した。だが、一番欲しかった包丁とまな板はどこを探しても見つからなかった。ないものは仕方ないと、これから行く場所にあることを聖は祈《いの》るのだった。


そして迎えた出発の朝。

ダリスまで来る時に乗ったルーカスのシンプルな馬車とは全く違う、仰々《ぎょうぎょう》しい馬車を見て、二人は驚きに目を見張った。

全体が黒で統一されており、左右に掛けられた布には紋章《もんしょう》——赤で塗《ぬ》られた八角形の中に印《しる》された二本の黒い剣が、剣先を上にしてクロスしているデザインだ——が描かれている。

それは、冒険者ギルドを表す紋章だった。

「……なんか、凄いね……」

「目立つなこれ。超派手」

まだ早朝ということもあり、辺りの人通りは少ないが、馬車を見つつ通り過ぎていく人の姿がちらほらと見てとれる。

そんな馬車へと荷を積んでいたウィクトだが、二人に気づくと、にこにことした表情でやって来た。

「おはようさん。これからよろしゅう頼んます」

「あ、おはようございます。こちらこそよろしくお願いします」

「……てか、この馬車。こんなに目立っていいのか？」

春樹の素朴《そぼく》な疑問に、ウィクトが口の端を少しだけ上げる。

「派手やろ？　わざと目立たせとるんや」

ウィクトが言うには、冒険者ギルドの馬車だとわかった方が安全性が上がるらしい。

山賊《さんぞく》や盗賊、それにガラの悪い輩《やから》は、冒険者ギルドを敵に回したくないため、基本的にギルドの馬車に手を出すことはない。

「だから、派手に見せびらかして行けば安全っちゅうことや」

それでも仕掛けてくる輩もいるが、その時はその時だとウィクトは笑った。

「なるほど」

「……何もないといいね」

人間相手の戦いなどしたくないので、そう祈りつつ聖は馬車へと乗り込む。

ちなみにそんな聖を見ながら「……それってフラグ……」となんとも複雑な表情で春樹が呟いていたのだが、聖が気づくことはなかった。

3章　クヒト村

馬車の中には炭酸水の入った大きな樽や、その他にもいろいろなものが積まれている。

けれど、ルーカスの馬車より一回り大きいこともあって、全く圧迫感はなく、なかなか快適である。

そして何より、グレンゼンまでは、それなりに整備された街道だというのが大きかった。

聖は揺れが少ないって素晴らしいなと思いながら、もちろんルーカスの馬車に乗っていた時と同様、風魔法で少しだけ浮いている。

いくら揺れが軽減されようと、動く乗り物に乗っている時点で酔うのだから当然の処置だった。

「……ちょっと慣れてきた、かな？」

「ん？　なんか言ったか？」

ぽつりと呟いた声に反応した春樹に、なんでもない、と返した聖はじっと集中する。

最初の頃に馬車に乗っていた時に比べて、多少魔法の持続時間が延びていた。もちろん気づくと途切れているのは変わらないが、その回数が徐々に減っている。

（うん、いい感じだよね）

途切れることなく一日を乗り切ることも夢ではないかもしれないと、聖が人知れず希望を抱いたところで馬車が止まった。前からウィクトの声が飛んでくる。

「昼休憩《ひるきゅうけい》といこかー」

「わかりました。用意しますね」

「おう、楽しみや！」

浮かれたウィクトの声を聞きながら、二人は馬車を降りる。

街道の横には小さな湖が広がっており、その近くに馬車は止まっていた。

「わー、綺麗な湖！」

「……ひょっとして、なんか釣れるか？」

「マーボンフィッシュに次《つ》ぐ美味しい魚いるかな⁉」

ついついそんな話をしていると、ウィクトが少しだけ慌てたように言った。

「あ、湖にはあんま近づかんといてな！　モーモが飛んできたら困るで！」

「……モーモ？」

「なんだそれ？　魔物か？　つか魔魚か？」

聞き慣れない、そして想像できない名前に二人は首を傾げる。

今までの魔物のほとんどが名前から姿を想像できていたので、頭に浮かぶ疑問符は大きい。

その様子にウィクトは腕で、こういう、とやや大きな円を描いて説明する。

「なんか丸くて、こう、もしゃっとした、緑の魔物や。それが飛んでくるんや」

特に強くもなく、それほど害があるわけでもない。だが、放っておくといつの間にか周りがモーモだらけになって身動きが取れなくなるとのこと。

そんな説明を聞きながら、聖と春樹の脳内に浮かんでいたのは、アレである。

緑の丸い物体と言えば、藻《も》、であり、もっといえばマリモだった。

「「……」」

正直、二人とも非常に興味がある。ものすごく、ある。さらにはそのドロップ品はなんだろうかと思ってしまう。

けれど、ウィクトがいるので二人は自重することにした。もちろん、次に通る時には狩ってみようと、頷き合って。

そしてウィクトから熱烈な視線を向けられていることに気づいた聖は、気を取り直して、三人分の昼食を作ることにする。

「何にしようかな……」

実は今回、ウィクトからの個人的依頼も受けていた。それは、護衛依頼期間中の食事作りである。

どうもマーボンフィッシュの煮つけの虜《とりこ》になってしまったようで、美味《うま》いもんが食べたいと、聖に依頼してきたのだ。

しかも到着までの約六日間で、金貨三枚。護衛依頼よりも多かった。

最初は、宝箱から出てきた調味料のことをバレたくなかったので断ろうと思ったのだが、最終的にはウィクトの必死さと情熱に負けてしまった。

もちろん、料理のことについては吹聴しない、という条件はつけたのだが……果たして守られるのだろうかと、聖は一抹《いちまつ》の不安を抱いていた。

「んーと、サンドイッチでいい？」

「ああ、んじゃ肉焼くか」

「うん」

春樹に切ったウッサー肉を渡すと、聖は切り込みを入れたパンにマヨネーズを塗って、ばっさばっさと動くレタスっぽい野菜——レータスという名前らしい——を挟む。そして最後に、塩を振って焼いた肉を挟んで完成だ。

きちんとした依頼なのだが、昼なので手軽にできてそれなりに美味しいものがいい。その点このサンドイッチは以前にも作っており、味の保証もできるので、ちょうどよかった。

「はい、どうぞ」

手際よく作り、どこかそわそわとした様子でこちらを窺《うかが》っていたウィクトに渡す。

ウィクトはすぐさま一口食べると、そのままパクパクと食べ進め、ぺろりと完食した。

あまりの勢いに苦笑しながら次を渡し、聖と春樹も食べ始める。

「うん、美味しくていいよね。レータスが動いて少し食べ辛いけど」

「まあな、でも動くから美味しいんだよな、これ……」

春樹がなんとも言えない表情で手元を眺める。

そう、一度動かなくなるまで放置したことがあるのだが、見事にしなびて美味しくなかった。鮮度って大事だな、と心底思った出来事だった。

そんな中、ある程度食べて少し落ち着いたのか、ウィクトが指についたマヨネーズを舐め、首を傾げる。

「なあ、この白っぽいタレ、なんなん？」

案の定マヨネーズは知らないか、と内心で頷く聖の答えは一つしかない。

「もちろん企業秘密です」

「やっぱりか……」

がっくりと肩を落とすウィクトだが、その手はすでに三つ目へと伸ばされている。

答えはわかっていたのだろう、見た目ほど気落ちはしていないようだ。

ちなみに調味料は全て、ドロップした時の容器からこの世界のものへと移し替えている。ドロップ時はあちらの世界の容器のまま出てくるのだが、その容器自体も珍しいので、いろいろ説明がめんどくさいと考えた二人の苦肉の策だ。

もちろん、レシピや味で疑問を抱かれることもあるだろうが、それらは全て、こちらの世界でも通じるらしき魔法の言葉「企業秘密」で押し通すつもりでいた。

もしかしたら、いつかウィクトに全て教える日が来るのかもしれないが、今はこれ以上の情報提供は必要ないし、いざという時のためにとっておくことにした……切り札となるのかは疑問だが。

「――ふう、お腹いっぱいや」

「食べましたね……」

大量に作ったはずが空《から》になった皿を見て、聖は苦笑する。

ウィクトは本当にたくさん食べた。呆れるを通り越して、もはや感心するレベルであり、春樹すらも目を丸くしている。

「ほれ、コーヒーも飲むか？」

「もちろん、おおきに」

三人は食後のコーヒーを飲みながら、暫しまったりと湖を眺める。

ちなみに、「冒険者は外で調理しない」とウィクトに強く言われたため、当初聖は全部作り置きにしようかと提案していた。

しかしながらそれは、断固として拒否された。きちんと魔物が来ないか警戒するので、作ってくれて構わない、と。

（……まあ、アイテムボックスのこととか言えないからしょうがないんだけど）

通常のマジックバッグは、徐々に入れたものの品質が落ちていく。ウィクトの発言はそれを考慮《こうりょ》したものだろうと思われるが、護衛対象から護衛すると言われたことに、聖は正直微妙な気持ちになった。

護衛ってなんだっけ？　と。

けれど、実際問題ウィクトの方が強いのは確かなので、気にしないことにした。

そんなに美味しいものが食べたいのか、と多少呆れはしたのだが、美味しさを求めるその気持ちはわからなくもない。

「そういえば、クヒト村ってどんなところなんですか？」

クヒト村は、ダリスから馬車で三日ほどの距離にある小さな村だ、とだけ聞いていた。

グレンゼンに向かう街道からは少し逸れるのだが、グレンゼンに行く時は必ず寄っているとのことで、今回も行程に含まれていた。

クヒト村には冒険者ギルドがないため、こういう時に依頼がないか聞いているそうだ。

「小さな村なんだろ？」

「そやな、ダリスに比べればだいぶ小さいとこや。ダリスとグレンゼンの間にある村やから、もうちょい賑《にぎ》わってもよさそうなもんやけどな」

春樹の質問に「どうにものんびりとした人が多く、のどかなところや」とウィクトが笑う。

「特産品とかはあるんですか？」

「もちろんや。それがあるから、ちょっと変わったとこやな」

「変わったとこ？」

「村自体がってことですか？」

「まあ、そやな。この辺ではまず見いへんもんがあるで。楽しみにしといてや」

ウィクトがにっと笑って立ち上がり、伸びをする様子を見て、聖と春樹も後片付けを始める。もう休憩は十分だった。

「さ、行こか」

その言葉を合図に、一行は再び馬車の旅へと戻った。


そして夜。

もちろん野営なのだが、調理を始める聖の前には、わくわくとした表情を隠しもしないウィクトがなぜか陣取っていた。とてもやり辛い。

「……そういえばウィクトさん、お米は食べたことありますか？」

「米？　……なんやどろっとしたのは子供ん頃に食べた気もするけど……」

大人になってから食べたことはない、と言われ、やっぱりメジャーな食べ方はお粥《かゆ》なのかと聖は微妙な気持ちになる。

けれど、今日はご飯を炊くと決めていたので、今更変更はない。

ご飯を炊き、その横でウッサーの肉と、アーパラを少し焼く。焼き上がったアーパラの悲鳴に聖と春樹は相変わらずびくりとしたが、ウィクトは無反応だった。

慣れって凄いな、と地味に感心する瞬間だった。

そんな聖の手元を見て、春樹が問う。

「……もしかして、丼ものか？」

「うん、タレの丼」

「よっし！」

嬉しそうにガッツポーズをする春樹を、ウィクトが不思議そうに見ている。しかし説明するより食べさせた方が早いので、聖は何も言わなかった。

ご飯が炊き上がったのを確認し、肉とアーパラを鍋に入れ、焼き肉のタレで少し煮る。

それを、よそったご飯の上に載せれば焼き肉丼の完成だ。

「美味《うま》い！　なんやこのタレ、美味《うま》すぎるやないか！　これも企業秘密なんやろ？　あー、もう落ち人凄すぎやろ！　てか米買うわ！」

喋りながらも食べる速度は落ちないという、ある種の凄技を見せつつウィクトは食べる。

ちなみに聖と春樹はそんなウィクトを見ながら、実にまったりのんびりと食べていた。焼き肉のタレって、本当に美味《うま》いと思いながら。

そして、それだけでは足りなかったので、簡単お手軽お湯に入れるだけ、ということでゆで卵を作った。

使ったのはダリスで一般的に販売されている普通の卵……なのだが、以前食べたコケッコーの卵と同様に黒く、しかも今回は殻《から》どころか中身まで黒かった。とはいえ今更気にしても仕方がないので、二人はそのまま塩を振って食べる。

「ん、半熟だ。いい感じ」

「やっぱゆで卵って、美味《うま》いよな」

「うんうん」

なんて呑気に食べていたのだが、なぜかウィクトが信じられないものを見たとでも言いたげな顔で、卵を凝視していた。二人は揃って首を傾げる。

「どうかしたんですか？」

「食べないのか？」

「……えっと、なんや、これ？」

「「え？」」

聖と春樹は何を聞かれているのかよくわからなかった。何、と聞かれても困る。だって卵である。どこからどう見ても、ゆで卵であり、それ以上でもそれ以下でもない。

揃って疑問符を浮かべていると、ウィクトが困り顔をしつつ頬を引きつらせるという、なんとも器用な表情をした。

「……あんな、これドーン鳥の卵やろ？」

「えっと、そうなんですか？」

「卵くれって言ったら、これが出てきたしな。魔物の卵だったのか？」

普通にダリスのお店で販売されていたので、特に気にせず買っていたのだが、何か問題があっただろうか。眉を寄せる二人に、ウィクトは静かに首を振る。

「いや、魔物とはちゃう、きちんと飼育されてる家畜《かちく》や」

「「……？」」

ドーン鳥という名前こそ知らなかったが、それが家畜であり、その卵ならば何も問題はないはずだ。

二人は、ますますウィクトの戸惑いの理由がわからなかった。

「……あんな、ここではあたり前のことなんやけど、この卵は通常生の状態で割ってから火を通すもんや。殻つきで火に通すと爆発すんねん」

どーん、とな。だからドーン鳥と呼ばれていると説明され、二人は無言で手に持ったゆで卵を見る。殻のまま茹《ゆ》で、火に通したそれを。

「……えっと、爆発、しませんでしたけど」

「だから不思議なんや。なんでや？」

「なんでって言われても……」

絶対に落ち人特有の何かだろうと言わんばかりに見られたが、普通にゆで卵を作っただけの聖には何一つ心当たりがない。

困惑して卵を見ていた聖だが、何かを理解したらしい春樹に目線で促され【主夫の目】を発動する。


【ドーン鳥の卵】

美味《うま》い。生も大丈夫。

けれど、殻のまま完全に火を通すと爆発するので注意が必要。


（……生……卵かけごはんが食べられる⁉　じゃなくて、えーと……）

一瞬、全く違うことでぐんとテンションの上がった聖だが、その直後の説明文を読んで納得した。

つまり、今回爆発しなかったのは、卵が半熟だったからなのだ。

けれど、【主夫の目】のことはウィクトに隠しているためそのまま伝えるわけにもいかず、言葉を探しながら、口を開く。

「えっと、その爆発した時って、どんな風に調理したとか知ってますか？」

「あ？　そやな、確かコケッコーの卵みたいに火ん中に直接入れたっちゅう話もあるし、今回と同じように茹でて爆発したっちゅうのも、あるな」

「……それは、かなりの時間火にかけたということですか？」

「そやな」

なるほど、と聖は頷いてみせる。そして、たぶんなんですけど、と前置きしてウィクトに伝えた。

「それ、火を通しすぎたんじゃないですか？」

「……は？」

「ですから、このゆで卵との違いなんて、そのくらいですよ。これ、半熟ですし。完全には火、通ってませんよ？」

そう伝えると、ウィクトは目を大きく見開き聖に詰め寄った。

「そうなん⁉」

「いや、ですから推測ですって！」

「いやいや、でも、それなら納得できるっちゅうもんや！」

テンションの上がったウィクトからさりげなく距離をとって、聖は持っていたゆで卵を再び食べ始める。

（……うん、美味しい）

爆発とかしなくて本当によかったと、羊皮紙を取り出しものすごいスピードで何かを書き始めるウィクトから視線を外した。

だが、ゆで卵を食べてさらにヒートアップしたウィクトによって、聖は質問攻めにされる。

「で、どうやったらこれを作れるんや⁉」

（どうやったらって言われても……）

適切なゆで時間があるはずだが、聖はずっと感覚で作っていたため、なんとなくとしか答えられない。

けれど、聖が本当のことしか言っていないと伝わったのか、ウィクトもそれ以上追及することはなかった。

そして、奇《く》しくも情報提供になってしまったのでウィクトが金を渡そうとしてきたのだが、さすがにこれは辞退した。

しかしウィクトが譲《ゆず》らず、代替案としてクヒト村かグレンゼンで食材を買ってもらうことになった。

食材が増えるのはありがたいので、まあいいかと聖と春樹は頷いたのだった。

翌日も馬車の旅は続いた。

時折魔物が出たり、他の馬車とすれ違ったりもしたが、特にこれといったトラブルもなく平和だった。

ちなみに魔物が出ても、基本的に聖の出番はない。

聖の職業を知っているウィクトは当然ながら聖に戦闘を求めず、そして聖が多少戦えることを知っている春樹も、スキルのことを隠すため何も言わない。よって、聖は護衛をする側なのに、きっちり護衛されていた。

「いや、まあいいんだけどさ……」

ぽつりと呟くが、それを聞く者は誰もいない。

今も聖の目の前では春樹とウィクトが魔物と戦っている。

相手はウッサーなので何も心配することはない。多少数が多いが、二刀流のウィクトが鮮やかに次々と倒しているので「なんか俺も出なくていい気が……」と春樹が苦笑いするほどだ。

改めて思うが、本当にウィクト一人でなんの問題もなかった。

「ほい、終了」

「お疲れ様です」

「おお、おおきに」

戻ってきたところへ聖がレモの果汁入りの炭酸水を渡すと、ウィクトは嬉しそうに飲み始める。

戦いのあと、この一杯を提供することで、倒した魔物は全部譲ってくれていた。ほぼ魔物を倒すこともなく、元値タダの飲み物を提供するだけでどんどん増える食材と素材。

(……なんかボロ儲けだよね……)

何やら危ない商売でもしているような気になるのはなぜだろうかと、聖は内心で呟いた。

そんなこんなで時間は過ぎ、さらに翌日の早朝、馬車はクヒト村へ向かうために少しだけ街道を逸れ、細い道へと入った。

ちょうど馬車一台分だけが通れるようなその道は、両側に高い木が生い茂っているため、少しだけ暗く感じる。

そして進むこと暫し、林を抜けると草原に出て、視界が開けた。

「あそこがクヒト村や」

前方を指さしてウィクトが言う。何やら緑っぽい壁《かべ》が見えるなと二人は思ったが、近づくにつれ、それが壁ではないことがわかった。

「……え、竹？」

「竹林、だよな？」

「お？　知ってるんか？　これはタッケーいう木でな。なんでかわからんがこの村の周りにだけ生えてんねん」

村を囲うように生えるそれは魔物除けとしての効果もあるらしく、魔物の被害がほぼ皆無《かいむ》な平和な村だとウィクトが言う。だから余計のんびりした人が多いのかもしれない、と。

「にしても、ここだけいきなり別世界……」

聖は小さく呟く。なにせ林を抜けた草原に、突然ぽつんと竹林が出現しているのだ。ものすごく違和感があった。

「なあ、聖」

「なに春樹？」

「竹ってことは、ひょっとしてタケノコあるんじゃないか？」

「っ‼　あるかもっ」

春樹の言葉に、聖ははっとする。

（村で売ってたりして……！）

もしあるなら、それをウィクトに買ってもらおうか。売ってなくても、ちょっと竹藪《たけやぶ》の中を歩いてみたら見つかるかもしれない。

明日の朝まで滞在予定なので、多少の時間はあるのだ。

そんなことを話しながら、唯一タッケーが生えていない入口を馬車で通り、村へと入る。

竹林を抜けるとそこには、ザ・田舎《いなか》といった風景が広がっており、中心付近には小川が流れているのが見えた。

すぐに一人の年配の女性が馬車に気づいて近寄ってくる。

「おや、ウィクトじゃない。いらっしゃい」

「こんにちは、明日までお世話んなります」

「ええ、村長には言っとくから、あとで寄ってね」

「おおきに」

朗《ほが》らかに笑って女性が去ると、気づけばあちらこちらから、子供が駆け寄ってきていた。

ウィクトはこの村の人々に大変慕《した》われているらしく、しきりに、「いつまでいるの？」「遊ぼう？」などと言われている。

そんな様子を、聖と春樹はウィクトの後ろからこっそりと見ていた。別に人見知りをしているわけではないのだが、出るタイミングが見つからなかったのだ。

「……ウィクトさん、人気者」

「……つか、まだ村の入口にしか入れてないよな……？」

「あー、確かに」

聖は思わず苦笑する。村に入って一分も経たずにこの状況。

仕方がないので、少し傾斜《けいしゃ》があるこの場所から景色を眺めながら待つ。暫くすると、子供たちが満足したのか、ようやく馬車が動き出した。

「これから行くのは、あの屋敷の向こう側にある広場や」

「……ああ、あのちょっとだけ大きい」

ゆっくりと斜面を下っていくと、小川の向こう側に、周囲より大きめの屋敷が見え、さらに先には、何もない広場があった。

「この村には宿屋っちゅうもんがない。だから、まあ、そこで泊まらしてもらうんや」

ウィクトの言葉に、聖と春樹は別の意味で納得した。そりゃあ宿屋がなければ、冒険者も旅人も、そんなに来ないよな、と。

「「……なるほど」」

そして広場に馬車を置いてから、村長へと挨拶《あいさつ》に行き滞在許可を取った。

その時に聖と春樹も紹介されたが、ウィクトが連れている、というだけで実に好意的だった。

そのあとはまだ話があるというウィクトを置いて、先にお暇《いとま》する。自由にしていいとのことだったので、村を散策することにした。

「じゃあ、どこから見よっか？」

「やっぱ店からだろ」

「お店は……っと、あった」

適当に歩いていると、畑の前にある小さな八百屋《やおや》らしきものが目についたので、近寄る。

すぐに店の女性が二人の姿に気づき、目を瞬《またた》かせた。

「あら、どこから来たの？　――そう、ウィクトさんと？　なんにもないとこだけど、ゆっくりしていってね」

「はい、ありがとうございます。ちなみに後ろの畑は何を育ててるんですか？」

正直なところ、二人は店の商品よりも畑が気になっていた。

作業している人の姿はちらほらと見えるのだが、なぜかやたらと叫び声らしきものが飛び交っている。だが、明らかに人数より声の方が多い。

「ジャガーだけど……ひょっとして、お店に並んでるのしか見たことないの？」

「えっと、はい」

「ない、な」

お店に並んでいるのすら見たことがないので、二人は曖昧《あいまい》に頷く。

もちろん、名前からどういうものかという想像はできていたが。

そんな二人の返答に女性は、それならと畑に向かって叫ぶ。

「おとうさーん！　この人たちに収穫《しゅうかく》見せてあげてーっ！　ウィクトさんのお連れさーん！」

「おう、入れ！」

「そこの横道から入ってね」

聖たちはお礼を言って、言われた通りに植物に囲われた道を進む。

緑の植物は聖の腰ほどまであるが、ある場所を越えると、突然なくなり茶色い土だけが見えるようになった。

「おう、兄ちゃんたちウィクトの連れだって？　収穫するの見たことないんだろ？　ほれ、そこ見てみな」

「……え？」

「……は？」

言われた場所をよく見ると、土の上に高さ十センチほどの枯れたように見える植物があり、その根元は少しだけ土が盛り上がっている。

その植物は二人の目の前で、徐々に上へ上へと伸びていき。

そして、植物のてっぺんが二人の膝くらいの高さまで来た時、その瞬間は訪れた。

『ヘイ、お待ち！』

『待たせたな！』

『よっし、こい！』

そんな叫びと共に、盛り上がっていた根元から、茶色くて丸い物体が次々と飛び出してきたのだ。

「「……」」

叫び声の正体はこれだったのか……と二人が心の片隅で納得しつつ呆然とそれを見ていると、農家のおっちゃんが飛び出してきたものを渡した。

「ほれ、これがジャガーだ」

まあ、予想通りジャガイモだった。どこをどう見ても、なんの変哲《へんてつ》もないジャガイモ。だが、問題はそこではない。

春樹が若干引きつった表情で尋ねる。

「えっと、あの声はいったい？」

「ん？　あれか、収穫時期になるとああやって出てきて知らせてくれるんだ。可愛いだろう？」

可愛いのか、と聖と春樹は思ったがさすがに口には出さない。

「……ちなみに、調理方法は？」

気を取り直して聖が恐る恐る尋ねる。焼いたり茹《ゆ》でたりしたら叫び出すのだろうかと思ったのだが、それは杞憂《きゆう》に終わった。

「ん？　好きに調理していいぞ、生はダメだが」

「じゃあ、叫んだり爆発したりはしないんですね？」

「ああ、調理済みのしか食べたことないのか。これは収穫の時に叫ぶだけで、あとは何もないから心配すんな！　ははは！」

そう笑われるも、収穫時はともあれ、調理の際に動かない叫ばないなんて素晴らしいと聖と春樹は思ってしまった。

まさか一生のうちに、そんなことを思う日が来るとは想像もしなかったと、料理をしない春樹でさえも遠い目をしてしまう。

今更ながら、恐らくこの世界で、元の世界のような収穫・調理共に静かな野菜はないんだろうな、と二人は思うのだった。


せっかくだからとジャガーやいくつかの野菜を貰った……というか押し付けられた聖は、広場へと戻って調理を開始する。

食材は貰ったばかりのジャガー。念のため【主夫の目】でも確認したが、教えられた通りどう食べても問題なく、ほくほくとして美味しい、という記載があった。

まずは綺麗に洗って、皮付きのまま適当な大きさに切る。それを水にさらしている間に、鍋に油を入れて温める。

「んーと、もういいかな？」

いい感じの温度になった油の中へ、よく水を切ったジャガーを入れる。暫しジャガーが揚《あ》がるいい音を聞いていると、こんがりきつね色になってきた。

キッチンペーパーなんて便利なものはないので、【洗浄】済みの布を大きめのお皿に敷き、その上にジャガーを載せていく。仕上げとして熱いうちに塩を振りかければ、ポテトフライの完成である。

聖はさっそく味見する。

「んー、カリカリでほくほく」

美味《うま》い。やはり、ジャガイモとくればこれは外せないと思いつつ、春樹の名前を呼ぶ。

すると、ややほっとしたような表情をした春樹と視線が合った。

実は春樹は、広場に戻ってきたところで子供たちに捕まっていた。

元の世界では怖がられていた鋭い瞳も、こちらの世界では『強い冒険者』に見えるらしい。子供たちは怖がるどころか、キラキラとした瞳で春樹にまとわりついていた。まあ、魔物のいる世界なので子供とはいえ多少のことでは動じない、というのもあるだろうが。

ちなみに助けを求めるような表情をした春樹を、「できたら呼ぶね」と無情にも笑顔で送り出したのは聖だ。

春樹は高確率で泣かれるから近づかなかっただけで、別に子供が嫌いなわけではないのだと、聖は知っていた。それに、ほんの少し嬉しそうな顔をしたのを聖は見逃さなかった。

(好きなようにしたらいいのに)

春樹の望んだ異世界なのだから。

そんなことを思っていると、春樹が子供たちを連れて戻ってきた。

「……疲れた」

「お疲れさま」

春樹はそう言っているが、その目に嬉しそうな色が浮かんでいるのを見つけて、聖は笑みを浮かべる。恐らく、本人も他の人も誰も気づいていないだろうなと思いながら。

そんな聖の傍に、何かに気づいたのか子供たちが走り寄ってきた。

「なあなあ、ヒジリの兄ちゃん、これなんだ？」

「すっげーいい匂い！」

「んー、ジャガーを揚げたもの、かな？　熱いから気を付けて食べてね」

興味津々《きょうみしんしん》に皿を覗き込んでいた子供たちに許可を出すと、すぐさま手が伸びてきて、あっという間に皿の周りは子供だらけになる。

そこからそっと抜け出して、聖は持っていた小さな皿を春樹に渡す。自分たち用に確保しておいた分だ。

「っ美味《うま》い！　カリカリほくほく！」

瞳を輝かせる春樹に、聖もぱくりと一口食べて頷く。

「だよね。しかもこのイモ、あっちの世界より美味しいよね」

「確かに。この世界の食べ物って総じて旨味が強いよな」

「そうなんだよね」

なぜこんなに食べ物が美味しいのかと二人は首を傾げる。

土がいいのだろうか、肥料が違うのだろうか。美味しいに越したことはないのだが、元の世界との違いに驚くばかりだった。

「んー、まあ違いといえば、魔法があって魔物がいて緑が多い、ってとこか？」

「……まあ、なんか、そう考えると、だいぶ違うよね」

改めて考えると、根本から違いすぎた。比べることが、そもそも間違っているのかもしれないと考えつつ、ふと聖は思いつく。

「戻れるのに戻らなかった人って、ひょっとしたらこれが理由だったりしてね」

「食べ物が美味しすぎて戻りたくなかったのかも」と冗談めかして聖が言うと、「気持ちはわかるな」と春樹も笑った。

そうしてあっという間に食べ終えた子供たちが、元気に家へ戻っていくのを見送る。

暫しのんびりしていると、なぜかウィクトが走って戻ってきた。何かあったのだろうかと思わず身構えた二人だが、ウィクトから出てきた第一声はこれだった。

「酷いやないか！　なんで俺のいない時に美味《うま》いもん食べてんねん！　ジャガー揚げってなんや!?」

聖と春樹は一気に脱力した。なんでも広場へ戻る途中に子供たちと遭遇《そうぐう》し、しきりに語られたらしい。

聖は呆れつつも、ウィクト用にとっておいたポテトフライを取り出す。すると神々《こうごう》しいものを捧《ささ》げ持つかのように受け取られ、若干引いた。

「さすが落ち人様や！」

「そこまで……まあ、いいんですけど火傷しないでくださいね」

「おおきに！　ってあっつ!?」

ウィクトは言ったそばからやらかした。

それでもうまうま言いながら食べているのを見て、これで年上なんだよね、と手のかかる子供に接するような目で思わず見てしまう聖。それでもきっと食が絡まなければ優秀なんだろうな、と思った。

正確には、落ち人が絡まなければ、であるのだが、今のところそれを知るのはフレーラだけだったりする。

その後は食べ終わったウィクトから、村の情報を聞く。

これといって困っていることも、ギルドへの依頼もないとのこと。

ただ、ギルドが受けた納品依頼があったので、ジャガーとタッケーの木をいくらか購入したそうだ。

一通り話を聞いた聖は、気になっていたことを聞く。

「竹、じゃなくてタッケーの木で何か作ってたりします？」

「ああ、皿とかコップとかやな。他で買うと高《たこ》うなるから、欲しいなら今のうちに買っといた方がいいで」

主にタッケーの食器類とジャガーがこの村の収入源で、代わりに売ってきてほしいと冒険者ギルドに依頼することもあるが、商人が買い付けに来ることもあるそうだ。

「んー、じゃあちょっと行ってきます。春樹はどうする？」

「もちろん行く」

日が暮れるまでもう少しだけ時間があったので、二人はウィクトに店の場所を聞いて、向かうことにした。

そこは小川を挟んで、広場の反対側にある小さなお店だった。いや、店というより工房と呼んだ方がいいかもしれない。

『ご自由に』と書かれた木札がかかった扉を開け中へ入ると、いろいろな商品が所狭しと並んでいた。

二人はきょろきょろと興味津々で店内を物色する。

「あ、水筒《すいとう》だ」

「こっちにあるのは……皿とか箸だな」

二人は「竹の水筒って水を入れたら美味しく感じる気がするよね」「少し大きめの皿も欲しいかも」などと話しながら、とりあえず奥にある台に水筒と皿を置いていく。これはお買い上げ決定。

そして、さらにいろいろ見ていると、あるものが聖の目に入った。

それはのり巻きなどを作る時に必要な巻きすと、ざる。

「うん、これも買おう」

「……ざるはともかく、巻きすって必要か？」

「伊達巻《だてまき》が作れるよ」

「っ！　それは必要だな」

途端《とたん》、春樹が目の色を変える。そう、春樹は甘い伊達巻が大好きなのだ。

もっとも、はんぺんの代用品が見つからないと伊達巻は作れないのだが、それでも甘い厚焼き玉子は作れるだろうと聖が言うと、春樹は実に嬉しそうに笑った。

それから二人は、さらに物色していく。

「うーん、とりあえずめぼしいものはこれで全部、かな？」

「聖、竹の皮がある」

「あるね」

「アレ作れないか？　おにぎり包むやつ」

「……ああ、アレ」

一瞬何を言われているのかわからなかった聖だが、どうやら時代劇とかでよく見る、竹の皮で包まれたおにぎりが食べたいらしいと理解する。確かに、アレはとても美味しそうに見える。

「じゃあ明日のお昼にしようか」

夜に作っておけばいいだろう、と思いつつ言うと、春樹が「よっしゃーっ！」と歓声を上げた。

その直後。

「なんじゃ喧《やかま》しい！」

そんな声と共に、奥から人が出てきた。やや小柄な、白髪《はくはつ》の老人。見るからに職人といった風情《ふぜい》で、二人を見ると眉を寄せた。

「ん？　見ない顔じゃな。ああ……ウィクトが言ってた小僧どもか」

「あ、たぶんそれです。お邪魔《じゃま》してます」

「おう、好きなだけ見るといい。と言ってもお前さんたちが欲しいものは、あまりないと思うがな」

せいぜい箸とかぐらいじゃろ？　と言われるが、聖と春樹は苦笑いしか返せない。なにせその予想を大幅に裏切って、だいぶ買うものを積み上げていたからだ。

「あの、そこの台に載せたものと、これらが欲しいんですけど」

「なに？」

老人は、聖が手に持ったものと台の上を見て、そして再び聖へと目を向ける。

「……それを何に使うつもりじゃ？」

「この皮ですか？　えっと、作った食べ物を包もうかと……」

聖が答えると、老人は小さな目を見開き、すたすたと近寄ってきて、がっと両腕を掴んできた。

「へ？」

「ちょ、爺《じい》さん何してっ」

驚いて春樹が止めようとしたが、それよりも先に老人が叫ぶ。

「わしの名はソーネルじゃ、兄ちゃんいい目をしとるな！　こんな若いのにタッケーの良さがわかるとは！　そっちの目つきの悪い兄ちゃんも実にいい奴じゃ！」

興奮したソーネルが語るところによると、こうだ。

タッケーは年配には好まれるが、若者は興味を示さない。たまに買いに来ても、それは依頼や知人に頼まれただけだという。しかも、タッケーの皮に興味を示すのはほんの一握り。そんな中、興味を示すどころかすでに使い道を決めている者に会ったのは初めてである。

ソーネルはそう言って、大いに感激した。

そしてその感激は止《とど》まるところを知らない。

「その皮は全部くれてやる。持っていけ！」

「え、いやでも、それは」

「気にするな気にするな！　こっちの商品も全部おまけだ！　銀貨一枚でいい！」

その金額に、さすがに春樹が目を見開いた。

「いやいや爺さん、それはおまけしすぎだろ⁉　どんだけ安くても銀貨五枚だろ！」

「おお、これまた正確な金額じゃな！　だが譲らん！」

「いや、譲れよ⁉」

売る側が金額を下げようとし、買う側が金額を上げようとする。実に奇妙な光景だった。

しかし、どちらも引き下がらないし下がれない。

さて、どうしようかと、そんな攻防戦を眺めながら考えていた聖は、ふと思い出した。

「春樹、ちょっとストップ」

「だからっ……と、なんだ聖？」

「うん、代替案。ソーネルさんって、タッケーの木を切れますか？」

「あ？　そりゃもちろんじゃが……」

その、やや困惑したような視線に、聖はにこりと笑みを返す。

「僕たち、村長さんから村を訪れた記念にタッケーの木を一本貰うことになってるんです」

そう、ウィクトの紹介というだけで気をよくした村長から、「タッケーの木を一本記念に持っていっていいですよ」と言われていたのだ。「村の工房でも、他に贔屓《ひいき》の工房があるならそこでもいいし、好きなように加工してもらってください」と。

本当に貰っていいのだろうか、とウィクトに視線を送ると、苦笑いしていた。どうやらいつものことらしいとわかる。

そのため、道具を借りて取りに行こうかと話していたのだが……専門の人がいるのなら任せたいと聖は思ったのだ。

「それで明日の早朝に切りに行こうと思ってたんですけど、どれがいいか選んでくれませんか？商品代金と合わせて銀貨六枚で」

「いや、ちょっと待て。なんで金額が上がっとる？」

「専門知識を持つ人に最高の木を選んでもらうんですよ？　そりゃあ上がりますって」

本当はもっと上げたかったのだが、恐らくこれ以上だと拒否されそうな予感がしたのでこの金額に設定した。正直、聖としては申し訳ない額だ。

けれどそれを隠して「あたり前じゃないですか」とにこやかに言うと、なぜかため息をつかれた。

「……こっちの兄ちゃんの方が手強《てごわ》いとは……わかった、引き受けよう」

ソーネルの説得に成功した二人は、もう日が暮れていたので急ぎ足で戻る。

今日は雲一つない夜空で、月明かりだけでも十分明るかった。そんな光の下、広場ではウィクトが仁王立《におうだ》ちしていた。

「待っとったで。さあ、お腹の準備は万全や！」

「あー、はい。今作るんでもうちょっと待っててくださいね」

聖はさらりといなして、ご飯の準備をする。

「……んーと」

さて、何を作ろうかとちょっと考えるが、すぐにメニューは決まった。

まずはジャガーを適当な大きさに切って水にさらす。そして、ダンジョン【砂漠のオアシス】のドロップ品であるホットミルクの入った鍋を出し、そこに残っていた干し肉を小さく切って入れる。

「アーパラも入れちゃえ」

さらにナクネギも適当に切って加える。ちなみにナクネギは、味も見た目も玉ねぎだが、火を通し始めると、完全に火が通りきるまで細い叫び声を上げ続けるという野菜だった。

なんとも言えない声が聞こえ始めた鍋を気にしつつ、ジャガーも入れて、ぐつぐつと煮込む。

（味付けは……干し肉の塩が濃いからこれで十分かな……）

鍋を様子見しながら、明日の昼ご飯用のお米も炊き始める。

「あ、こっちのお米は明日用なので今日は食べませんよ」

「……そうなんや」

念のため告げると、ウィクトはがっかりしたような期待したような複雑な表情を浮かべた。

そんな目で見られても聖が前言撤回することはない。

「さて、そろそろ火が通ったと思うんだけど……」

とりあえずウィクトを見なかったことにして、鍋の蓋を開ける。その途端、ものすごくいい匂いが漂ってきた。

火が完全に通ったのか、ナクネギの鳴き声が収まり、アーパラが叫ぶ。ジャガーの火の通りを確認するために箸で刺してみると、なんの抵抗もなく通った。

次いで一口スープを飲んでみれば、予想以上の出来だった。

思わずにんまりとした聖に、ウィクトがうずうずとした様子で声をかける。

「できたんか？」

「ええ、はいどうぞ。春樹も」

「おおきに！」

「おう、いただきまっす！」

即座に食べ始めた二人に続き、聖も口をつける。ミルクに溶け出したいろいろな旨味がとてもいい味わいになっているし、何よりベースが牛乳なのでコクがある。

「美味《うま》い！　こうやって食べると干し肉っちゅうのも別もんやな！」

「まったくだ。玉ね、じゃなくてナクネギも甘くて美味《うま》いな」

「うん、野菜もたっぷりだし、体もあったまるね」

クヒト村は涼《すず》しい。ウィクト曰く、タッケーの木の効果で周りよりも温度が下がっているとのこと。そんな肌寒さをスープで和《やわ》らげ、温まったあとは明日の予定を話し合い就寝《しゅうしん》した。

余談だが、聖と春樹があたり前のように布団を敷いているのをなんとも言えない表情で見ていたウィクトは、「……落ち人やし」と安定の台詞《せりふ》で全てを呑み込んでいた。そして今では、二人の快適そうな様子に、自分も買おうかなと検討し始めていたのだった。

翌朝、朝日が顔を出す前。

やや薄暗い中、聖とウィクトはソーネルの案内でタッケー林の中を歩いていた。

ちなみに春樹は、小川で何かが釣れると前日に子供たちから聞いていたので、別行動をとっている。

ウィクトが一緒にいるのは、どちらについて行く方がより面白いか、ということを脳内会議で議論した結果らしい。当然ながら聖は詳細を聞くことを拒否した。

「なんか、清々しいですね」

「ああ、わしはこの時間のタッケーが一番好きじゃな。心がすっきりするんじゃ」

「わかります」

頷いて、聖は大きく息を吸う。少し冷たく、けれど神秘的な雰囲気のあるこの空間は、背筋がすっと伸びるような気持ちになる。

「かなり深いですね、この林」

「さすがにここまでは、来たことないなぁ」

タッケー林の浅いところまでしか来たことがないというウィクトも、興味深そうにきょろきょろと辺りを見回している。そうして暫し進むと、少しだけ開けた場所に出た。

「……今、一番いい木はあの辺りじゃな」

ソーネルが指し示す方を見て、ウィクトが声を上げる。

「これはどれも立派なタッケーや！　こないないいもん、そうないで！」

「ああ。わしもこの辺りのもんが、今年最高じゃと思う」

「……そう、ですか」

そんな場に案内してくれたのはとてもありがたいのだが、今の聖にお礼を言う余裕はなかった。それでもなんとか口を開く。

「えっと、どれを選んでも等しく最高級ってこと、ですよね？」

「ああ、そうじゃ」

選ぶ振りをしつつも、聖の視線は一か所に固定されていた。なにせその木だけ光っており、ものすごく存在を主張していたからだ。

けれど、ウィクトとソーネルの様子からすると、それが見えているのは自分だけらしい。そう理解した聖は途方に暮れた。

（えっと、なんで？　気になるけどこれ選んで正解なの？　不正解？　春樹がいれば相談できたのに……）

なんでこういう時にいないかな、と若干理不尽《りふじん》なことを思う聖だが、春樹に罪はない。そして、ただ一点を凝視し続ける聖に、ソーネルが気づいた。

「ん？　その木がいいのか？」

「あ、はい。これでお願いします」

聖は実にあっさりと誘惑に負けた。正解かどうかはわからないが、こんなに気になるものを放置できない。仕方がないと開き直って、その木へと近づくソーネルを見守る。

ソーネルが大きな鎌《かま》のようなものを思いきり振るうと、タッケーはスパッと根元から綺麗に切れた。

遅れてゆっくりと木が倒れる。

「すっごい！」

「こんな凄いもん見たのは初めてや！」

切られた根元に近づくと、とても綺麗な切り口だった。感嘆しながら眺めていた聖だが、ふと、その根元から見える柄《え》のようなものが気になり、思わず手を伸ばす。

「なんだろ、これ」

「あ、それっ」

同じく気づいたウィクトが上げる声を聞きつつ、聖はそれを引っ張った。

なんの抵抗もなく、するりと抜けたそれは結構長く、さらに先には細長い枝の束がついていた。

「……え？」

どこからどう見ても、聖の知る竹箒《たけぼうき》だった。

（え？　え？　なんで……？）

聖は軽く混乱する。

竹から女の子が出てくる物語はあるが、竹箒が出てくる物語なんて知らない。だが、間違って女の子が出てきても困るのでこれでよかったのかもしれない、なんて混乱した頭で思う。

「あの、これってなんで、すっ⁉」

そして疑問を解消するため振り返って、絶句した。ソーネルは目も口も大きく開き、ウィクトは瞳をキラキラさせていたのだ。

「まさかマジック箒が出るとは！　なんって運のいい兄ちゃんじゃ‼」

「これは凄いことやで！　さすがや！」

「……あの……」

「実物見たのなんて、初めてや！」

「三年に一本くらいしか取れんからな！　しかもその中でもこれは最高級じゃ！」

聖はなんとか口を挟もうと試みたが、テンションが上がった二人にはまるで聞いてもらえない。

わかったのは名前と、あとはものすごく珍しいアイテムらしいということだけ。

竹箒なのに……と思いつつ、聖は自分で調べることにした。こんな時の【主夫の目】だ。


【マジック箒】

タッケーの木から極々稀《ごくごくまれ》に採れる、なんか凄い箒。

よくわからないがとにかく凄いと絶賛される。


（あ、ダメだこれ）

聖は思わず遠い目になった。

残念ながら食材ではないためか、【主夫の目】はなんの役にも立たない。

仕方がないのでいまだ興奮気味に何かを話している二人に向き直り、なんとか説明を求める。

「……あのっ！　結局これは何なんですか？」

「ん？　ああ、マジック箒じゃ！」

「いや、そうじゃなくてですね……」

簡潔《かんけつ》すぎるソーネルの言葉に、それでもどうにか聞き出す。それによると、とても魔力を通しやすい箒らしい。ウィクトによる補足説明も加えると、これから行く魔法都市デウニッツでは超人気の商品とのことだった。

いったい何に使うのかとの問いには、行けばわかる、といい笑顔で二人に言いきられたので、聖の疑問は増していく。

(自動で掃除《そうじ》とかしてくれるかな？　……だとしたらすっごい便利！)

いつか欲しいと思っていた元の世界の便利な機械を思い出すが、すぐにそれはないかと思い直し、聖は内心苦笑した。

ちなみに、ものすごく珍しいのならさぞかし金額も高いだろうと思った聖は、ソーネルに渡そうとしたのだが、これはタッケーの一部ということで、押し付けられるように渡された。

もちろん、お礼など受け取ってくれない。なので、せめてものお返しにと、聖は朝食をご馳走《ちそう》することにした。

広場へと戻り、手早く作った料理をソーネルに渡す。

「おう、美味《うま》そうじゃな」

「ヒジリさんの料理は、すっごく美味《うま》いんや！」

なぜか自分のことのように自慢《じまん》するウィクトにも朝食を出す。

「まあ、簡単なものですけど……」

今日の朝食は、ミルクでパンを煮て、水飴をちょっと加えただけのもの。消化にもいいし、体も温まる。ものすごく短時間でできる超お手軽料理だった。

「あ、もう帰ってたのか」

「お帰りー」

そこに、ちょうど春樹が帰ってきた。何やら微妙な表情を浮かべているのが気になる聖だが、とりあえず朝食を渡す。

「あー、あったまる」

「うん、朝もちょっと寒かったから、これがいいかなって」

「だな。そういやそっちは無事いいのが採れたのか？」

「あー、うん、採れた、よ？」

思わず微妙な返答をしてしまった聖に、春樹が怪訝な表情を浮かべる。そこに、拳を握ったウィクトが口を挟んだ。

「ものっそい、いいのが採れたで！　最高級のマジック箒や！」

「……マジック箒？」

何を取ったって？　という眼差しをまっすぐに聖へと向ける春樹。その瞳には何かを期待する色が見え、聖は苦笑しながらポーチからそれを出す。

「うん、よく『見て』。なんか採れちゃった」

「……なる、ほどっ」

聖の言葉を正確に理解した春樹は、じっくりと『見る』。そして納得したように深く頷いたかと思うと、堪えきれずに噴き出した。

「っさすが聖！　ただタッケーの木を採りに行っただけで、こんなものを引き当てるとは!!」

「そうや！　やっぱさすがやと俺も思うねん！」

「ああ、そうじゃな。タッケーの良さがわかる者には、タッケーの祝福があるもんじゃ！」

春樹の言葉に共感するかのように便乗するウィクトとソーネルを、聖は若干据わった目で眺める。

三人とも褒め言葉のつもりで言っているらしいが、聖としては何一つ褒められている気がしない。

そしてソーネルに至っては、タッケーの祝福とかもはや意味がわからなかった。

「……それより、春樹はどうだったの？」

「――へ？　あ、ああ、そうだな」

聖の声に若干険《けん》が含まれているのに気づいたのか、春樹はぴたりと口を閉じ、そして微妙な視線を辺りに彷徨《さまよ》わせ始める。その、何か言い辛そうな様子に気づいたソーネルが口を開いた。

「そういや小川に行っとったらしいな。てことはタケコじゃろ？」

「タケ……？」

「タケコじゃ」

なんとも可愛らしい名前に、聖は思わず聞き返してしまう。同時に、ひょっとしてタケノコ!?と人知れずテンションを上げたが、それにしては春樹の態度が気になった。

ソーネルが訳知り顔で春樹を労《ねぎら》うように言う。

「美味《うま》いんじゃが、なんとも採り辛い野菜じゃろ？」

「……ものすごく、な。ほれ聖」

「うん、ありが……と、う？」

春樹の盛大なため息と共に渡されたそれは、聖の見る限り間違いなくタケノコだった。だったのだが……

「……よくわかった」

聖は実に神妙な面持《おもも》ちで頷いた。春樹も同じ表情で頷き返す。

「……だろ？」

「……うん、これは採り辛い」

聖は頷きながら【主夫の目】を使う。


【タケコ】

綺麗な小川に早朝だけ出現する。

慈愛《じあい》の微笑みを浮かべて生えており、手を触れると「まあ、食べるのね……」「これも仕方のないこと……」などとバラエティに富んだ実に意味深な言葉を発し、採るものに罪悪感を与える。

煮ても焼いても、そのままでも美味しい。


そう、タケコの皮には、可愛らしい人の顔が浮かんでいたのだ。

（美味しいのは嬉しいけどっ……罪悪感、半端ない！）

聖の手元にあるタケコは、採れたて新鮮なので、微笑みもそのまま継続されている。

そして触っているせいか、「大丈夫、気にしないで……これも運命、受け入れましょう」などと言っていた。

「っ食べ辛い！　食べるけどね！」

「……食べるんか……」

聖が罪悪感を振り払うように叫ぶと、なぜかウィクトが苦笑い。

なんでもこのタケコは、通常とても敬遠される野菜で、食べる人はあまりいないとのこと。だが、ソーネルのように好んで食べる人がいないわけではないそうだ。

そして聖にも食べないという選択肢はなかった。

「もちろん食べますよ。ウィクトさんが嫌なら、護衛期間中は調理しませんけど……どうします？」

「…………もちろん、食べます」

「えっと、無理しなくてもいいんですよ？」

絞り出されたウィクトの声に、聖は思わず心配になる。

だが、ウィクトはまっすぐに聖を見ると、拳を振り上げ宣言するように叫んだ。

「食べない後悔より、食べた後悔や！」

「……そんな覚悟しなくても……」

呆れて呟く春樹と、興味深そうに眺めるソーネル。そして「あ、通常運転」とあっさり流す聖だった。

そして朝食が終わり帰宅するソーネルに、昼食用に多めに作っておいたタッケーの皮に包んだおにぎりを渡すと、とても喜ばれた。中身ではなく、タッケーの皮を使ったことに。

果たしてお米を食べたことはあるのだろうか、と思う聖だったが、喜んでいるのでそれは気にしないことにした。

その後、後片付けを済ませた一行は、村長に挨拶をし、村を後にする。

帰り際、子供たちから盛大な見送りを受けたのはいい思い出になりそうだと聖は思った。特に春樹はとても嬉しそうだった。

4章　いざグレンゼン

再び街道へと戻り暫し進んだところで、昼休憩をとることにした。少々早いのだが、ちょうどいい場所があったのだ。

そうして馬車が止まったところで、ウィクトが待ちきれないというように両手を聖へと差し出した。

「さあ、あの美味《うま》そうな包みをこの手に載せてや！」

「はいどうぞ」

「おおきに！　……って、なんやこっちの茶色っぽいのは？」

さっそく包みを開けたウィクトが、不思議そうに尋ねる。

「焼きおにぎりです」

入っていたのは大きめのおにぎりが二つ。塩おにぎりと焼きおにぎりだ。説明しながら、聖と春樹も食べ始める。

「醤油の風味が美味《うま》いな。ってかなんか美味《うま》すぎないか？」

「……美味しいね、ものすごく」

「美味《うま》いんやから、なんでもいいやんか！」

うまうまと食べているウィクトはすでに二包み目であり、至福《しふく》の表情を浮かべている。

ウィクトの言う通り、確かに美味しいことに異議はない。ないのだが、昨日作った時に味見したものより遥かに美味しくなっていることには、聖は疑問しか浮かばない。

「……あ、皮だ聖」

「皮？　あ、ほんとだ」

ぽつりと春樹が呟くと、聖も慌てて【主夫の目】で確認する。すると【食品を包むと美味しさがアップする、かもしれない】と書かれていた。どうやらこれが原因らしいと納得する。

しかし、相変わらずの微妙な表現に、いい加減ちゃんと断定してほしいものだと、聖はため息をついた。そんな聖を慰《なぐさ》めるかのように春樹が言う。

「……たくさん貰ってよかったよな、皮」

「確かに。ものすごく大量だよね」

「あの爺さん、太っ腹だよな」

「うん、こんなに大量にどうしようかと思ったけど、ラッキーだよね！」

やはり、貰えるものは貰える時に、貰えるだけ貰っておくべきである。そう再認識した聖は【主夫の目】のことを意識の外に追いやり、気持ちを立て直した。

そこで食べ終わったウィクトが声を上げる。

「さあ、充電完了や！　さくさく進むで！」

三包みも食べれば確かに十分だろう。ちなみに聖と春樹は二包みである。本当によく食べるなと二人は素直に呆れたが、それはまだまだ序の口であったことがその日の夜に判明した。

「――今日はちょっと豪華にしました！」

そう言って、聖はご機嫌で料理を振る舞う。

今晩のメインは、つゆで味付けした簡単タケコご飯。

なんとタケコは『そのままでも美味しい』との表示があったように、あく抜きが必要ないという親切仕様だったため、切って入れて炊くだけでご飯ができた。

切るたびに「……さようなら」と寂しげに微笑まれ、聖の手が止まってしまったのだが、難はそれぐらいだった。まあ、それが一番の難題だというのも間違いではないが。

あとはマーボンフィッシュの煮つけと、卵を散らしただけの簡単お吸い物。

実際にどこかの料理屋で食べたらものすごく高くなるだろうラインアップだが、かかったのは卵と米代くらいという、びっくりな仕上がりになった。

「つく、生きててよかったっ！」

「そこまで⁉」

タケコご飯を一口食べたウィクトの大げさすぎる感想に、思わず突っ込む聖だが、ウィクトは止まらない。

「タケコなんて食べるもんやないと言われて二十五年生きてきたけど、きっと今日この瞬間のためやったんやな！　信じてないけど神様ほんまにありがとう！」

「あ、ダメだこりゃ」

とうとう春樹が匙《さじ》を投げた。そして、とっくに投げていた聖はウィクトの年齢に驚く。

出会った当初なら納得できたかもしれないが、残念ながらこの数日の言動のせいで、聖の中のウィクトの年齢はガンガン下がっていた。

「おかわりや！」

「はい、どうぞ」

「煮つけもや！」

「……えっと、どうぞ」

「この汁も、もう一杯や！」

「……どう、ぞ？」

ご飯も煮つけもお吸い物も、ものすごい勢いでなくなっていく。

乞《こ》われるがままに渡しているが、いったい体のどこに入っているのか。聖は心底不思議に思いつつも、自分の分を確保することは忘れない。もちろん春樹も。

「このタケコってまだあるよな？」

「うん、春樹がたくさん採ってきてくれたからね」

「ああ、ものすごく頑張った……」

思い出したのか、春樹が遠い目になる。確かにこれを採るのは辛いだろうと、釣られて聖も同じ目をしてしまう。聖としてはこれを採った春樹に拍手を送りたい気持ちでいっぱいだった。

「チャーハンとか、ジャガー入れて煮物とかもいいよな」

「あ、いいかも。ほんとは天ぷらを作りたいんだけど、小麦粉がね……」

「小麦粉かー……」

不思議なことに、パンがあるのに小麦粉は売っていなかった。ないと断言されるのも怖いので確認していないが、もしかしたらパンも何かのドロップ品なのかもしれないと二人は考える。どこかに粉ものがドロップされるダンジョンがないかと一瞬思いはしたが、粉まみれになりそうなダンジョンは嫌なので、誰かが販売してくれているといいなと、祈るばかりだった。

そんな中、二人の会話を聞くこともなく食事に専念していたウィクトが、ようやく箸を置いた。

「ふう、満足や」

「……よく、それだけ食ったな……」

春樹は呆れた表情を隠さない。

聖が作った料理は見事にすっからかん。余ったタケコご飯は翌日の昼食用のおにぎりにしようと、かなり多めに炊いていたのだが、その聖の目論見《もくろみ》は潰《つい》えた。

「美味《うま》すぎるから仕方ないんや！」と叫ぶウィクトだったが、果たして彼は護衛依頼が終わったあと、元の食生活に戻れるのだろうかと少しだけ心配になる聖と春樹だった。

翌日も何事もなく、馬車はグレンゼンへの道を走る。朝食を食べ、昼食もしっかりと食べ、美味しいご飯にご機嫌なウィクトはついに鼻歌まで歌う始末。

そんな実にゆったりとした時間が流れていたのだが、街道の周りに林が多くなってきた時にそれは訪れた。

「そろそろ馬車で一日って距離らしいけど……あれだな、テンプレだとこういう場所で盗賊とか出るんだよな」

「周りから見えないしね……って、なんか、ホントになりそうだからやめて」

呑気に笑いながらそう話していたのがフラグになったのか、あるいは本当にただの偶然か。

ぴたり、と馬車が止まった。不思議に思いつつウィクトの方に顔を出すと、なぜか苦笑いを返され聖は首を傾げる。

「どうしたんですか？」

「あー、なんやお客さんみたいや」

「うっわ、マジか！」

春樹が驚き顔をしかめる。

同時に、馬車の前に多数の人影がぞろぞろと姿を現した。

頭にターバンを巻き、全身を黒っぽい服で覆った一団は、明らかに普通の人ではない。もちろん冒険者でもなく、全員が手にした武器は、全て馬車に向けられていた。

呆然として聖が呟く。

「……えっと、ギルドの馬車って安全って言ってませんでしたっけ？」

「そやなぁ、基本的には安全なんやけど……例外ってどこにでもいるもんなんや」

ウィクトの幾分《いくぶん》呆れたような、まったくどうしてくれようかといった声に、春樹から思わず本音が零《こぼ》れた。

「つまり、バカってことか？」

「聞こえてんぞ！　何呑気に喋ってんだ⁉」

正面に立ちふさがる男から、速攻怒号が飛んできた。こんな危機感の欠片もない会話をしていれば当然かもしれない。

ウィクトが平然としていることもあって、聖と春樹には焦りがまるでなく、そしてその二人にウィクトがつられてしまったせいで、さらには緊張感も飛んでいく。

そんな雰囲気と精神状態のまま、聖はポンと手を叩いた。

「これ、見なかったことにして進むとかどうですか？」

「名案だな」

「そうしたいのは山々やけど、さすがにこの人数やと、ちょっと無理そうやな」

「つだからっ、聞こえてるって言ってんだろうが‼」

正面の男が、再度怒鳴る。その額にくっきりと青筋が浮かんでいるのを見て、さすがにこのままではまずいかと聖はウィクトに視線を向けた。

「えーと、どうします？」

「そやなぁ……」

ウィクトはぐるりと周囲を見渡してから、正面の男に向き直る。

「一応、言うとくけど。これは正真正銘《しょうしんしょうめい》冒険者ギルドの馬車や。それわかってて襲おうとしとるんか？」

今ならばまだ見逃すが、そうじゃないなら敵対行動とみなす。

そう警告するウィクトに返ってきたのは嘲笑《ちょうしょう》だった。

「はっ、だからどうした」

「目撃者が消えれば問題ねーだろ！」

「逃げられると思うなよ！」

男の言葉に周囲の者たちも、次々に声を上げていく。それを聞いたウィクトはすっと目を細め、小声で春樹へと尋ねる。

「ハルキさん、行けるか？」

「……動けなくすれば、いいんだよな？」

「そうや。ヒジリさんは、馬車を頼んます」

「わかりました」

聖の返事を聞いたウィクトが素早く何事か唱えると、馬車を囲むように透明な膜《まく》が出現した。

「交渉決裂や！」

ウィクトはそう叫んだ次の瞬間、目の前の男へと切りかかる。

「じゃあ俺も行ってくる」

「ん、気を付けてね」

そのまま春樹も戦いの中へと向かった。

「馬車は後回しだ！　まずは二人を片付けろ！」

「「「おう！」」」

相手の盗賊の数はおよそ三十人。明らかに多勢に無勢なのだが、レベルが違いすぎた。主にウィクトが。

彼は相手の剣を弾き飛ばしては柄《つか》で殴って気絶させて回っているのだが、速すぎて聖にはよく見えない。だが、倒れた敵を見ると息がありそうなので、戦いに余裕があるのだろうと判断する。

そして春樹はというと、どうせレベルは向こうの方が高いし防具も頑丈そうだと結論付け、見えない刃を四方に飛ばしたり、剣を合わせたりしている。

ちなみに弓を構えているものには、聖がこっそりと石を投げていた。もちろん馬車からは一歩たりとも出ずに。

そんなこんなで、割と安全に全員倒すことができた。

ウィクトは無傷で、春樹も多少の擦《す》り傷《きず》のみ。

相手にも少しは魔法を使える者がいて、馬車をなんとかしようとしていたのだが、ウィクトの魔法を破ることはできなかった。

よって、馬車も聖も全くの無傷である。

「お疲れ様です」

「おおきに。大して強うない奴らでよかったわ」

「……ほんと、ウィクトがいてくれて助かったな」

「うん、ほんと」

盗賊の大半はウィクトが倒していた。もしウィクトがいない時に襲われていたら……と考えて、聖と春樹は胸を撫で下ろした。

「んー、たぶんこいつら、新参者やな」

倒した盗賊たちを見ながら呟くウィクトに、聖が首を傾げる。

「そうなんですか？」

「たぶん、やけどな。規模の大きな盗賊団になればなるほど、ギルドに手を出そうなんて思わんもんや」

大きくなるということは、戦闘力もさることながら、それだけ情報収集能力と警戒心が高まっていくということ。裏を返せば、出来たての新しい盗賊団ほど「俺たちは冒険者ギルドなんて恐れないぜ！」という感じになる。それはそれで、初期の段階で狩れるので被害が少なくて済み、ギルドとしては助かるとウィクトは笑っていた。

「よし、とりあえずこれでいいか？」

「おおきに」

春樹はウィクトの話を聞きながら、盗賊を一か所にまとめて、抵抗できないように手と足を縛《しば》る。そして魔法を使うと思われる者たちは、口元も縛っておいた。高位の魔法使いには意味がないが、この程度のレベルなら喋れなくすれば十分らしい。

「で、どうするんですか、これって？」

「そやな、とりあえずギルマスにでも連絡しよか」

他の都市へ行く時、ギルド職員は必ず連絡用の宝玉を持ち歩くことになっている。それで指示を仰ぐ、とウィクトが馬車へ歩き始めた時、最初に正面にいた男が口を開いた。

「はっ、オレ様たちをこうも容易《たやす》く倒すとは、なかなかのようだな！　まあ、手加減はしてやったがな！」

拘束《こうそく》されているのに、なぜか上から目線だった。もしや他に仲間がいるのだろうかと思った聖だが、春樹もウィクトもそんな気配は感じられないと首を横に振る。

「……なんでこいつら、こんなに偉そうなんだ？」

不思議な状況に困惑した春樹が、首を傾げて疑問を口にする。

盗賊たちはみな、こちらをバカにしたようにニヤニヤと笑みを浮かべており、暫くすると聞いてもいないのに勝手に喋り始めた。

「護衛が二人だけ、なんて油断するんじゃなかったな！」

「ああ、油断さえしなければ楽勝だったよな！」

そして、どうやら自分が護衛対象だと誤解されているらしいと気づいた聖は思わず呟く。

「……僕って、なんだと思われてるんだろう……？」

実際、戦っていたのは春樹とウィクトであり、確かに聖は完璧に守られていた。はたから見れば護衛対象者が聖であると思われても不思議ではない。それに、見た目からしてあんまり強そうじゃないどころか、冒険者にも見えない可能性があるのも認める。

「ええと、僕は護衛対象じゃなくて、これでも冒け……ん？」

ここは一応きちんと言っておこうと口を開いた聖だが、途中で気づいて口籠《くちごも》る。

（そういえば、お付きって正確には冒険者じゃないんだっけ？　でもお付きって言っても通じるのかな？　えーと、そうすると……）

聖はなんと説明しようかと、一生懸命わかりやすく相応しい言葉を探す。だがしかし、困り果てて首を傾げた。

「……えっと、その……一般人、のような？　気がしないでもない？」

「なんでだよ！　一般人に疑問を持つなよ!?　そこはせめて断定しろよ!!」

「えー……」

よりにもよって盗賊に突っ込まれた。そんなこと言われても……と、聖は春樹を見るが、春樹はウィクトを見る。しかしそのウィクトは視線を顔ごと逸らした上、肩を小さく震わせていた。

聖の目が半眼になる。

「まあ、いいんですけどね。ウィクトさん、とりあえず連絡お願いします」

「そ、そやな、行ってくるわ」

聖に促され、ワザとらしく咳払《せきばら》いをしてようやく馬車の中へと戻っていくウィクト。その姿を見送って、聖と春樹はなんとなく盗賊たちを眺め直した。

そして聖が純粋な疑問を口にする。

「この人たちってさ、どこに住んでるのかな？」

「そうだな、普通はどっかにアジトとかがあるんだけどな。どこだ？」

なんとなくダメもとで聞いた春樹に、盗賊が鼻で笑う。

「ふ、誰が言うか。アジトにはまだまだ仲間がいるんだ、お前たちがのんびりしてられるのも今のうちだな！」

もたらされた肯定と追加情報に二人はそうなんだ、と頷く。

「やっぱアジトってあるんだ。一番偉いのって、この人なのかな？」

「それっぽいっちゃそれっぽいけど……頭《かしら》ってあんたか？」

返ってきたのは見事なまでの沈黙だった。

先ほどとの落差に、二人はきょとんと顔を見合わせ、一応やってみようと【主夫の目】を使う。

これまで人相手には全く役に立たないスキルだったので期待はできないが、ヒントくらい欲しいなという気持ちだった。

暫し視線を彷徨《さまよ》わせた聖は、一人の男に目を留める。

「……あ？　もしかして、あの人かな？」

「ん？　……あー、それっぽいな」

それは、いかにも頭《かしら》ですといった男ではなく、その斜め後ろの、どこにでもいそうなこれといって特徴のない男。その男だけ、【主夫の目】の表示が『なんか偉そう』になっていた。

「なっ⁉　何をっ」

春樹が彼を前の方に引っ張ってくると、その男は焦ったように抗議の声を上げる。

心なしか、周囲の男たちの顔色が悪くなっており、先ほどから話していた男など、あからさまに顔面蒼白《がんめんそうはく》で慌てていた。

（この様子だと、当たりなのかな？）

けれど、あえて頭《かしら》かどうかの確認を聖はしないし、もちろん春樹もしない。

「えっと、アジトってどこですか？」

「……」

「こっから近いのか？」

「……」

当然ながら、聖の問いにも春樹の問いにも答えることはない。そして、周りの男たちも口を開かない。

そんな不気味な静寂の中に戻ってきたウィクトは、不思議な空気を感じ目を瞬《またた》かせた。

「なにしとるん？」

「あ、どうでした？」

「グレンゼンから迎えが来るっちゅう話になった。ちょい時間かかるんで、それまで待機やな」

盗賊たちを引き取るための迎えが来ると聞き、二人は頷く。そしてウィクトは再度疑問を口にした。

「で、なにしとるん？　なんでそいつだけ前にいるんや？」

「なんかアジトに仲間がいるらしくて、その、この人が一番知ってそうだったので……」

「……なるほど。それは大事やな」

聖の若干言い辛そうな様子に目を細めつつも、ウィクトは目の前の男に向き直ってうっすらと笑う。ギルドに敵対した盗賊団は根こそぎ壊滅《かいめつ》、それが冒険者ギルドの鉄則だった。

ウィクトは男の首に、剣を突きつける。

「で、どこや？」

「……」

「言わんと飛ぶで？」

何が、とは言わないが、それが『何か』はその場の誰にでも理解できた。

ウィクトの静かな口調と鋭さを増した声に、空気が張りつめる。

そして、それに呑まれたように、男も周囲も沈黙を保つ。いや、もしかしたら、声を出すことすらできないのかもしれない。

そんな緊張感の中でも、ウィクトの後ろにいたこともあって聖と春樹は全く空気に呑まれていなかった。もちろん春樹は盗賊たちがどういう状況にあるのか大体理解していたが、聖は「おお、ウィクトさんがなんか怖いこと言ってる」ぐらいにしか思っていない。

そのため聖はいつもと変わらない口調でウィクトに話しかける。

「んーと、ウィクトさん。なんでも話したくなるようにすればいいんですよね？」

「……そやけど、なんや方法があるんか？」

そんな聖に目を瞬《またた》かせたウィクトだが、すぐに興味深そうな視線を向ける。

「はい、ちょっと試してみたくて」

聖はにこりと笑って、準備を始める。いつもの調理道具を出し、鍋に少量の水を入れて火にかける。そして、盗賊たちに見えないようにとあるキノコを取り出すと、小さく刻んで鍋へと入れた。

「……あれか」

「うん、あれ」

それが何かわかった春樹がなるほど、と頷く。

以前ルーカスに森での採取を教えてもらった時に、食べてはいけないと言われたものがあった。念のためにと摘《つ》んでいたそのキノコの名は【ワライキノコ】。実にそのままの意味のキノコだった。

（んーと、たぶんこれでエキスが出ると思うんだけど……効果あるよね？）

食べると笑いが止まらない、とだけ聞いていたので、聖は少し不安になる。

そんなことを思いながら、ぐつぐつと煮ていると徐々に茶色っぽくなり、実に美味しそうな匂いがしてきた。

「……いい匂いやな」

「そうですね。飲んでみますか？」

「いや、さすがに遠慮するわ」

キノコを見ていたウィクトは、苦笑して辞退する。だが、それを見ておらずキノコの正体も知らない盗賊たちは、美味しそうな匂いにつられて、じっと鍋を凝視していた。

「……もう、いいかな」

十分にエキスは出たようなので、聖はその液体だけを空のティーポットに入れ、適温になるまで暫し待つ。

「そろそろ大丈夫かな？　ウィクトさん、その人押さえてください」

「っ⁉　なにすっ」

「はい、飲んでくださいねー」

男の頭を上に向けて固定し、開いた口から液体を入れる。そして、吐き出そうとするのを、鼻をつまみ口を無理やり閉じることで阻止する。それでも抵抗していた男だが、ついに耐えきれず飲み込んでしまった。

それを確認すると、ウィクトは男を解放する。

「げほっ、何を、のませっ」

「あ、毒とかじゃないですよ。死にはしない、と思います」

たぶん、と聖は心の中で付け加える。

（……ルーカスさん、死ぬって言わなかったし、【主夫の目】で見てもそんなこと書いてなかったし）

きっと大丈夫なはずだと聖は信じる。

そして、咳き込んでいた男の肩が徐々に震え始めたかと思うと、耐えきれないとばかりに口が開かれた。

「は、はは、ははははっははははっはははははっはっ‼」

「「「………お頭《かしら》!?」」」

笑い出した男に、周りの盗賊たちはそう呼んでしまった。だが、呼んだ方も呼ばれた方も、そのことを気にする余裕はない。

「おー、あれがお頭《かしら》か。見事な当たりやないか」

「みたいですねー。ラッキーですね」

「ラッキーだな。運いいもんな、聖」

対して聖たちは、呑気に会話しながらも特にすることがないので、笑い続ける盗賊の頭《かしら》を見続ける。

周りの盗賊たちは、どうしていいのかわからず狼狽《うろた》えていたが、次第に笑うだけなら大丈夫か、といった空気が流れ始めた。

だが、その雰囲気は時間が経つごとに、徐々に不安そうなものへと変わっていく。

「ははっ、ははっ、ははつ、つら、ははつ、いきが、ははっははは」

「「「……」」」

そして男たちは理解した。笑い続けるということが、どういうことか。

自分の意思では止めようとしても止められないそれは、徐々に男の体力を奪っていく。さらに酸欠になり始めているのか、男の顔は明らかに青ざめてきていた。

「えーと、そろそろ誰か喋りたくなったりしませんか?」

「「「……」」」

そんな中で聖が問いかけると、盗賊たちはびくりとした。

（いや、さすがにここまでなるとは僕も思わなかったんだけど……）

大の男たちに露骨《ろこつ》に怯《おび》えられ、効果がありすぎたみたいだと反省した聖。少しでも落ち着かせよう、安心させようとの思いから笑いかけるが――

「……あれ？」

盗賊たちの顔がさらに強張《こわば》った。

自身の対応が逆効果であることに気づきもしない聖は、笑みを浮かべたまま内心首を傾げる。そして、そんな聖にあえて何も言わずに乗っかるのが春樹だった。

「聖、その液体ってまだまだあるよな？」

「え？　うん、あるよ。まだ必要？」

男たちから小さく悲鳴が上がった。なんだろうと聖は振り返るが、先ほどと変わった光景は特にない。

「飲みたい奴はいないみたいだな」

「遠慮せんでも、ええのになぁ？」

うんうん、と実にいい笑顔で頷き合う春樹とウィクトは、完全に面白がっていた。

その楽しそうな様子と緩んだ（気がする）空気に、今ならちょっとぐらい会話が成り立つかもしれないと、一人だけぶっ飛んだ思考に辿りついた聖は、にこやかな笑みを浮かべながら尋ねた。

「えっと、それでアジトってどこですか？」

聖の質問に、一斉に答えが返ってきたのは言うまでもない。

その音が聞こえてきたのは、日が暮れた後だった。前方から届く轟音《ごうおん》と地響きは、徐々にこちらへと近づいてくる。

「お？　来たようやな」

ウィクトがのんびりと言ったかと思うと、土煙《つちけむり》と共にそれが現れた。

「……でっかいトカゲ？」

「……トカゲ、だよな……」

聖と春樹は、圧倒されたように唖然と見上げる。

現れたのは二人の言葉通り大きなトカゲだった。後ろには大きな荷台が引かれており、それが全部で三台。全てに冒険者ギルドの紋章がついていた。

「……これ、なんですか？」

「ん？　ああ、陸トカゲや。温厚な性格で、ものっそい速いねん。グレンゼンは国境にある町やからな、何かあった時のために、速さを重視した移動手段を常備しとるんや」

「……へー……」

考えてみれば、確かに早い。馬車で行くと約一日の距離を、半日かからずにやって来たことになる。

凄いな、と思いつつ眺めていると、陸トカゲの上から人が降りてきた。

赤い、燃えるような髪を上の方で一つに括《くく》った、騎士《きし》っぽい恰好《かっこう》をした女性。

「ウィクト、待たせたか？」

「いんや、もうちょいかかる思うてたぐらいや」

「そうか……と、ああ、そっちにいるのが例の。詳細はフレーラに聞いているから名乗る必要はない。私はグレンゼン支部のギルドマスター、エインザ。そしてお前たちの専属になる」

彼女はどこか含みのある笑みで「お手柔らかに」と続ける。

二人はいったいフレーラから何を聞いているのだろうかと、返す笑みを若干引きつらせる。そして同時にギルドマスター自らが専属だということに驚いていた。

そんな様子をひとしきり見たあと、エインザは辺りを見渡してから、後ろにいる人たちに何か指示を出す。すると、辺り一帯がまるで昼間のように明るくなった。

「明るっ⁉」

「うわっ……て、キノコ？」

明るくなった理由は、荷台の中から取り出された、抱えるほど大きなキノコだった。聖と春樹は、それが明るい光を放つ様子を呆然と見つめる。

「あれは光キノコや」

「「……」」

そのまんま、と二人は内心で突っ込んだが口には出さない。

魔力を通すと強い光を放つが、光が強すぎてあまり使い道がないのが悩みどころのキノコだという。そんなウィクトの説明に、聖と春樹はそうなんだ、とただ頷いた。

「……ふむ、で、これはいったいどういう状況だ？」

辺りがまるで昼間みたいに明るくなって大変よく見えるようになり、それ故に、エインザが困惑した声を上げる。

「ええと、食事中やな」

「そうだな。私が聞いているのは、なぜ盗賊だと思われる者たちも同じ状態なのか、ということだが？」

「えーとやな」

ウィクトがなんとも言えない表情で苦笑する。

それもそのはず、現在、ここにいる者たち全員で仲良く食事中だった。

――エインザが来る前、堰《せき》を切ったように自白し始めた盗賊たちによると、彼らは今回初めて、盗賊として活動したらしい。

詳しく聞くと、元々はこの林のずっとずっと奥の方で生活していたのだが、ある日魔物の襲撃に遭《あ》い、村がほぼ壊滅。辛うじて村人たちの命は助かったのだが、いつまた魔物が来るかわからないので、逃げてきたとのこと。

ちなみにその村というのは特に名前もなく、人数もどちらかというと集落に近いものであったようで、ウィクトも存在を知らなかった。

さらに聞くと、助けてもらおうとグレンゼンの冒険者ギルドまでは行ったらしいのだが、普段外部との繋《つな》がりのないある意味引きこもりな性質が災いした。

『あの、魔物を倒してほしいん、ですけ、ど』

『はい、討伐《とうばつ》依頼ですね。どのような魔物で依頼料は如何《いか》ほど提示できますか？』

『えっ』

そもそも冒険者ギルドというものをよくわかっていなかった彼らは、もちろんお金が必要だということも知らなかった。ギルド職員はごく普通の対応をしただけで、彼が悪いわけでもない。

住んでいた村……というか集落が魔物によって壊滅被害にあったということをきちんと伝えられていれば、また状況は違ったのだが、そこまでの会話能力が彼らにはなかった。それどころか、本当は町に入るだけで精いっぱいだった。

結果、ギルドの助けを得られず、魔物を倒すこともできず、元々あった村に戻ることもできない彼らがとった行動は、林の奥で見つけた洞穴《ほらあな》に住むことだった。

だがそれには、あたり前だが限界があった。

行き詰まった彼らは、いっそ盗賊にでもなろうかそうしよう的な思考に飛んでしまい、今に至ったそうだ。

当然ながら聖も春樹も、ウィクトでさえも意味がわからなかった。

もちろん、なぜいきなり盗賊になろうという結論になったのか問い詰めたのだが、何が不思議なんだろうかと逆に問い返され、三人は絶句してしまった。彼らの中では特に不思議がないことが不思議だった。

そして、ある意味真面目だった彼らは、盗賊になるためにいろいろと整え訓練をし、今日というこの日を迎えた。

にやにやと笑みを浮かべて上から目線で話していたのは、盗賊とはこういうものだという思い込みと、そうしないと怖さでどうにかなりそうだったから。そして、お頭《かしら》と呼ばれていた男は村長の息子で、一番よく喋っていた男は、その兄貴分的存在だった。

そこまで聞いたらもう、不憫《ふびん》を通り越してどうしようという思いが強くなり、ウィクトは「……んな、アホなことが……」と盛大に頭を抱えた。

そんなどうにもいたたまれない微妙な空気を破ったのは、誰かの腹の音だった。よって、とりあえず食事でも……という流れになったのだ。

「――まあ、そんな感じですわ」

遠い目をしてウィクトが語り終えると、エインザが頬を引きつらせる。

「……あるのか、そんなバカなことが」

「……あったんや」

「……そうか……」

ウィクトと同じように、エインザも頭を抱えた。さらに言うと、一緒にやってきて後ろで控えていた人たちも全員頭を抱えている。

「……しかし、これだけの食材はどうした」

「それはヒジリさんたちからの提供やね」

「よくもまあ、これだけ」

エインザは呆れを隠さない。

聖が用意したのは、パンに肉とレータスを挟んだものと、ジャガーを揚げたものだった。

三十人分の食事を用意したため、大量にあったはずのパンもレータスもウッサーの肉も、ものの見事に底を突きかけていた。ウィクトからは、グレンゼンに着いてからなんらかの形で補填《ほてん》する、という言葉を貰ってはいるが。

ぽつりとエインザが呟いた。

「……しかし、美味《うま》そうだな」

「あ、どうぞ」

きらりとした目で見られた、というより催促されたと感じた聖は、即座にエインザたち全員に食事を配る。

実はウィクトの説明中も、聖と春樹は手を休めることなく、作り続けていた。

なにせ人数が多いのと、あまり食生活がよくなかったのか作るそばから消えていくので、作り続けるしかなかったのだ。

そんな中、一口食べたエインザが目を見張った。

「……美味《うま》いな」

「そやろ？　ほんっまに美味《うま》いねん！」

「特にこの白いタレが絶妙だな」

「あ、それは企業秘密やそうや」

「……残念だ」

エインザは心底残念そうに、それでも美味しそうに食べ進めつつも、一応盗賊……のはずの者たちを観察していた。全員が至福の表情で、一つ食べ終わるたびに聖や春樹にお礼を言っている状況。

思わず訝しげに見る。

「なあ、ウィクト」

「なんや？」

「いくらなんでも従順すぎないか？」

エインザの疑問は至極当然のものだった。

いくら元は善良な人だといえども、盗賊という人を襲う生業《なりわい》に身を落とすことを決めた者たちだ。今回が初めての盗賊稼業《かぎょう》だとしても、そういう者たちは大なり小なり必ずどこか陰りがある。けれど、それをエインザは感じなかった。

ウィクトは思わず噴き出す。

「それはヒジリさんのせいや」

「ああ、聖だな」

「……あれは不可抗力だよ……」

春樹も笑いながら肯定し、聖は不服そうに苦笑いを返す。

実は、彼らがあまりにもいろいろと白状してくれることに、さすがに疑問を覚えたウィクトが聞いたところ、ちらりと聖を窺いつつ盗賊が言った言葉がこれだった。

『……あのお坊《ぼっ》ちゃんだけには、逆らっちゃいけない気がして……』

一見大人しそうなお坊ちゃんなのに、あんな恐ろしい薬を問答無用で飲ませ、そして顔色一つ変えない。むしろ笑みすら浮かべてさらに薬を勧める姿は、実に恐ろしい。外の世界にはこんな怖い人がいるのかと、逆らったら洞穴にいる家族にも害が及ぶかもしれないと思った、と言う。

つまり、盗賊としての彼らの心は、綺麗にぽっきりと折られていた。そう、あの瞬間、彼らの心は盗賊からただの村人に戻っていたのだ。

それを聞いて、ウィクトと春樹は堪えることなく笑い出し、聖は「僕!?」と仰天《ぎょうてん》した。

聖にしてみれば、どう考えても不可抗力である。確かにあのワライキノコはちょっと効きすぎだったかもしれないが、怖がらせたつもりは全くない。

意図して振る舞うことも時としてある聖だが、今回に限っては本当に無自覚なので、無罪であると断固として主張した。もっとも、綺麗に流されたが。

「ま、そんなわけや」

「ほう、それはそれは」

実に面白そうなエインザの視線に、聖は居心地が悪そうに、ちょっとだけ視線を逸らす。

「ところでウィクト、その薬とやらはなんだ？」

「ああ、ワライキノコを煎《せん》じたものや」

「ああ、アレか。解毒剤はどうした？　あれはあまり出回ってないはずだが……」

薬を飲まされたという男は、すでに普通の状態に戻っており、その効果は確認できない。確か自然に効果が消えるものではあるが、こんな短期間ではまず治らないはずだとエインザは言う。

「そういや、何か飲ましたら笑いが止まったな。何飲ましたん？」

今更ながら思い出して視線を向けてくるウィクトに、聖と春樹は沈黙を返す。

飲ませたのは、レモの実の果汁を大量に入れた炭酸水。解毒剤なんて持っているはずもなく、びっくりさせれば止まるかも、くらいの気持ちでチョイスしたものだった。しかしそれで本当に止まったことに、むしろ飲ませた二人が驚いた。

「……解毒剤、ではないんだな？」

「まあ、そう……ですね」

エインザの探るような問いかけに、聖は言葉を濁す。

そもそも効いたのは炭酸水なのかレモの実なのか、それとも両方なのか。

確認したいとも思わないし、何か面倒くさそうな気配がするので、あまり追及してほしくない気持ちでいっぱいだった。

ワライキノコを飲ませてみよう、なんて思うんじゃなかったと今更後悔しても遅い。

それをどう受け取ったのか、エインザが目を細め、ウィクトが面白そうに眺める。

「……ふむ」

「……なんや、まだいろいろありそうやな？」

けれど、一瞬顔を見合わせた聖と春樹は頷き、きっぱりと笑顔で告げた。

「「企業秘密で」」

それは本当に便利な言葉であった。


「本当にここでいいのか？」

暗闇《くらやみ》の中、林を抜けたところで、訝しげに問うエインザにお礼を言って、聖たちは荷台から降りる。

エインザたちが引いてきた荷台はかなり大きく、聖たちの馬車がすっぽり入るほどの余裕があった。そのため、ここまで乗せてもらったのだ。

本当はグレンゼンまで乗せてくれると言っていたのだが、それは丁重にお断りした。なにせこの場所に目的がある。

エインザはなぜか名残惜《なごりお》しそうな表情を浮かべていたが、頭を振ると「グレンゼンで待っている」と言って、陸トカゲに乗り颯爽《さっそう》と去っていった。

ちなみに、盗賊たちの家族がいるという林の奥の洞穴には、村長の息子の案内で、ギルド職員が数名向かった。事情説明をしたあと、一度グレンゼンで保護するとのことだ。

今回は初犯ということと、情状酌量《じょうじょうしゃくりょう》の余地が多分にあるということで、そんなに重い処分にはならないらしい。恐らくどこかの町に住民登録し、働きながら多少の罰金《ばっきん》を払っていくことになるだろうとウィクトは言っていた。

まあ、それぐらいならよかったと、聖も春樹もひと安心した。

「あー、眠い」

「そやな、なんや濃い一日やったわ」

「ほんとにな」

三人はふわぁ、と揃って欠伸《あくび》をする。なにせ、もうそろそろ日付が変わる時間帯である。眠くならないわけがない。

そして、そのまま眠気に逆らうことなく聖と春樹は布団を敷き、ウィクトは毛布を取り出し、誰からともなく眠りについた。

翌朝、いつもより少しだけ寝坊をした聖は、まだ寝ている春樹とウィクトを起こさないように起き出し、伸びをする。そして、辺りを見渡して、少し離れたところに見えたそれに向かって歩き出す。

「わー、ホントにあった」

そこは花畑だった。どこまでも続いているような一面の花に聖は目を細め、そして【主夫の目】を発動する。

【ウマミ花】
日中だけ花を咲かせる、いろいろな味わいの花。
摘むとお喋りになるのが難点だが、料理の彩《いろど》りとしては最高の食材と言えるのかもしれない。

そう、ダリスで食べた花畑丼の花だった。

どこにあるのだろうかとウィクトに聞いたところ、グレンゼンに行く途中にあるというので、ぜひ寄りたいとお願いしていたのだ。

実はグレンゼンに行くには、林を迂回《うかい》していくルートもあった。多少遠回りにはなるが、見通しもいいことからより安全な道として、そちらを通る人も多い。

しかし今回は花畑に寄るために、この道を行くことになったのだ。

結果として盗賊に遭ってしまったのだが、まあ、終わりよければ全てよしだろう。

そんなことを思いつつ花畑を眺めていた聖だが、後ろから聞こえてきた声に振り返った。

「うっわ、凄い花だな」

「おはよう、春樹」

「おう、はよー……なるほど、摘んだらうるさいのか」

目をこすりつつやって来た春樹も【主夫の目】で見たのだろう、聖はそれに頷きつつ、意を決して花を摘む。

『あらあらまあああ』

『こんな話がありましてよ』

『そういえばこの間……』

途端にうるさくなった。二人はぶちぶちと採っては早急にポーチへと入れていく。正直どれがどんな味かなんて確認していられない。

「うー、静かにさせたいけどっ」

「だよなー。そしたら鮮度がな……」

食事処の店員が言っていたように、刺せば大人しくなるのだが、このうるささが鮮度の証。美味しく食べるためには多少、ではない我慢《がまん》が必要だった。

「「……」」

ひたすら無心で、とにかく手当たり次第に採りまくり収納していく。そしてある程度のところで一息ついた。

「……も、いいかな」

「……そだな、戻るか」

「……うん」

朝からものすごく疲れた二人がへろりとした状態で戻ると、ウィクトが苦笑で迎えた。

「お疲れさん。十分採れたんか？」

「ええ、おかげさまで……」

力なく答えた聖はレモの実を入れただけの水を飲んで息をつき、朝食作りに取りかかった。

鍋に以前炊いておいたご飯と水を入れ、火にかける。そして、これまた以前焼いておいたマーボンフィッシュの身をほぐして投入。そこに少量の調味料を加え、ぐつぐつと煮込みながら、ちょっと考える。

「んー、どれだろ。ウィクトさん、辛みのある花ってどれかわかりますか？」

「辛いの……、たぶん白いやつやと思うけど」

「わかりました」

先ほど摘んだばかりの白い花をポーチから少しだけ取り出すと、途端にいろいろ喋り始めるが根性で無視。その花びらの一枚を口に入れて、聖は味を確認する。

（……ん、いい辛さ）

望んだ味に目を細め、細かく千切って鍋へと入れる。

「あ、ウィクトさん辛いのって平気でした？」

「おう、もちろんや」

それなら大丈夫だろうと頷き、さらに煮込むこと十数分。ちょっと辛みのある雑炊《ぞうすい》っぽいものが完成した。

それをよそって、今か今かと待っていた二人へと渡し、食べ始める。

「く、ちょっとピリ辛なんが美味《うま》いな。癖になりそうや！」

「相変わらず、このマーボンフィッシュがいい味出してるよな」

「うん、美味しい、ほんとお米との相性が最高だよねー」

絶賛しながら食べつつも、聖は昼食を同時進行で調理中だった。

というのは、エインザに送ってもらったので、多少の時間短縮はできたのだが、それでもグレンゼンへの到着は割とぎりぎりになっていたからだ。

サンドラス王国との取引は明日の昼頃を予定しているので、本来であれば余裕をもって今日の昼過ぎにはグレンゼンに到着する予定だった。けれど、思いがけないトラブルがあったため時間が押してしまっている。

エインザの言葉に従って、グレンゼンまで乗せてもらうのが正解だったのだろう。しかし林を抜けたところまで送ってもらえばぎりぎり大丈夫だから花畑に寄っていこうという、ウィクトの言葉に甘えてしまったのだ。

今の予定からいけば到着は夜遅くか、もしくは明日の早朝になる。

また何かトラブルがあって昼休憩がとれない可能性も考えて、馬車を走らせながらでも片手で食べられるようにと、聖はおにぎりと厚焼き玉子を作っている、というわけだ。

おにぎりは二種類、塩昆布っぽい味の花を千切って混ぜたものと、ウィクトにとても好評だった焼きおにぎり。そして、春樹が大好きな伊達巻……ではないけど、甘い厚焼き玉子だ。

「……それも美味《うま》そうやな……」

「そうですねー」

雑炊を食べている最中にもかかわらず凝視してくるウィクトは綺麗に流して、完成。

聖は手早く収納して、後片付けを始める。

「……昼までの、我慢や……」

何やら哀愁漂《あいしゅうただよ》う呟きが聞こえたが、当然ながら聖は気にしないことにした。

そして一行は馬車へと乗り、先を急ぐ。

やや速度を上げたため、なかなかの揺れ具合。もちろん聖は頑張ってちょっと浮いているのであまり関係ないのだが、たまに春樹が頭をごんと盛大にぶつけていた。

そうして、昼を少し過ぎた頃、ようやく林を迂回するルートとの合流地点へと出た。ここからは一直線。

朝からノンストップだったため、馬車を止めて少しだけ休憩することにした。さすがに疲れたのだろう、体をほぐすように肩を回しているウィクトに、聖は声をかける。

「大丈夫ですか？」

「んー？　久々に飛ばしたから、ちょっと肩が凝《こ》っただけや。それよりお昼食べよか」

そう言って差し出された手に、タッケー皮の包みを渡すと、途端にウィクトが満面の笑みを浮かべる。いそいそと取り出し、嬉しそうに口へと運ぶのを見ながら、聖と春樹も食べ始めた。

「これあの花か？　こんな味あるんやな、美味《うま》いわぁ」

「ウィクトも知らなかったのか？　変わった花だよな。美味《うま》いけど」

「うん、採ってきてよかった。あ、春樹、これは厚焼き玉子だけど、甘いよ」

「マジか!?」

すぐさまぱくりと一口食べ、春樹は瞳を輝かせた。

（本当に、甘いもの好きだよね……）

聖も好きではあるが、春樹ほどではないので苦笑してしまう。そんな様子を見て、ウィクトも一口。

「っ⁉　美味《うま》いなこれ！　甘い卵焼きなんて初めて食べたわ！」

どうやらお気に召したようだと、聖は安堵《あんど》の息をつく。ウィクトが甘い厚焼き玉子肯定派でよかった。なにせ世の中には、甘いのは受け付けないという人もいるので。

ちなみに聖は甘いのも甘くないのも、どちらも好きだった。

「よし、お腹いっぱい、満足や。このまま飛ばして、少し遅うなるけど今日中にグレンゼン到着でええか？」

「はい、ウィクトさんが大丈夫なら構いません」

「ああ、特に問題ないな」

肯定を返すとウィクトは頷き、そして力強く笑った。

「なら、飛ばすで」


——翌日の早朝、目が覚めた聖はベッドの上で体を起こした。結局昨日、日付が変わる前にグレンゼンに到着したのだ。

隣のベッドを見れば、春樹が布団に包《くる》まって寝息を立てていた。昨夜は遅かったので、まだ起きるまで時間がかかるはずだ。

「……あんまり、眠くないんだよね」

睡眠時間は短かったのだが、きっと熟睡《じゅくすい》できたのだろう、気分はすっきりとしていた。

昨晩到着したあとは、さすがに何もする気にならず、冒険者ギルドに併設《へいせつ》された宿へとまっすぐに入ってそのまま就寝した。

ちなみにウィクトはギルド内の一室を借りたため、ここにはいない。

聖はベッドを降りてなんとなく窓へと近づくと、カーテンを開けて外を見る。三階建ての建物の最上階にいるため、それなりによく見えた。周囲には低い建物しかないというのもあるが。

「……なんか、凄いところかも」

目に入るのは、整備された道を彩る花。等間隔で植えられているのはホタル木という、夜になるとほのかに光を放つ、街灯のような木だ。

昨夜見た、ふわふわとした光が浮かび上がる様子はとても幻想的で、思わず見入ってしまうほど綺麗だったが、今はなんてことない普通の木にしか見えない。

早朝から開いているお店も多いのか、たくさんの人々が行き交う道がある。きっと屋台などの飲食店や、食品を扱うお店が多くある通りなのだろう。覚えておこう、と思いつつ、聖はふと宿の真下の通りを見る。

そして、春樹を叩き起こした。

「っ春樹！　春樹ちょっと!!」

「っ!?　な、なんだ!?　てかどこだここ!?」

「宿だよ。ってそんなことより、あれ！」

聖は完全に寝ぼけている春樹を、問答無用で窓まで連れてくる。そんな春樹のぼんやりとした寝ぼけ眼《まなこ》は、聖が指さす方を見て見開かれた。春樹は思わず窓にかじりつくように真下を見下ろす。

「……異世界！」

「そう、異世界だよ！」

全ての感情は、その言葉に集約されていた。

視線の先に見えるのは、妙に耳が長い人や、髭《ひげ》の長いおじさんみたいな小人、背中から羽のようなものが生えた人など、これぞ異世界人といった人々。

今まで通ってきた町では見ることのなかった、説明だけ聞いていた異種族が、そこにはたくさんいた。

「ええと、耳が長いのがエルフで、あの小人がドワーフ？」

「ああ、んで羽があるのが……確か羽人《はねびと》」

ウィクトからは事前にグレンゼンに関しての説明があった。ざっくりしたものだけれど、三か国との国境がある町なので、他種族が多いと。

ちなみに言葉はどうなっているのかとウィクトに聞いたところ、それぞれ固有言語はあるが、基本的に外に出るのは共通言語を話せる者たちだけなので大丈夫、そもそも落ち人にその手の心配は不要だと言い切られた。

確かに言葉は勝手に変換されているのだが、まさかそのことを知っているとは思わず二人が驚くと、ウィクトは悪戯《いたずら》っぽい笑みを浮かべて言った。

『ギルドの虎《とら》の巻《まき》にあんねん。最初の頃、二人に数種類の言葉で話しかけて確認してたんや。気づかんかったやろ？』

どの言葉で話しても正確に聞き取り、よどみなく同じ言語で答えが返る。そういうものだと知ってはいたが、正直ものすごく驚いた、とウィクトは笑っていた。

ちなみに虎の巻というのは、今まで蓄積してきた落ち人の情報が記録された宝玉のこと。何やら微妙な気分になったのは言うまでもない。

「くーっ、なんかテンション上がるな！」

「うん、異世界だなぁってしみじみ思うよ」

「これから魔法も習うし、ますます異世界って感じだよな！」

「楽しみだよね！　あ、それで夕方までどうする？」

昨夜は遅かったのでギルドで依頼の終了報告はしておらず、ウィクトと一緒に今日の夕方に行くことになっていた。

それまでは完全にフリー。この宿はウィクトの厚意で二泊できることになっており、今日の宿の心配は必要なかった。

「朝食は、あるんだよな？」

「うん、夕食もあるって。昨日食べてないからお腹すいたよね」

結局昨日は夕食を食べ損ねた。

まあ、多少の軽食はつまんだのだが、あの揺れの中では大した食事はできないし、グレンゼンに着く頃にはもうヘロヘロだったので食事どころではなかったのだ。

それを思い出し、まずは朝食にしようと、一階へと下りるのだった。


チートスでもダリスでも、冒険者ギルドは比較的門に近いところにあった。けれど、ここグレンゼンでは町の中心付近にある。

東西南北全てに門があり、そのうち三つが他国へとつながっていることから、どの門から来ても平等になるようにと主要施設が中心に集まっているのだ。

まず、中央に領主の大きな館があり、その両隣に冒険者ギルドと商業ギルド。どちらの建物も、今まで聖たちが見たことがない立派な造りをしている。

ウィクト曰く、国境のあるところなので見栄えも大事、とのこと。王都はこの比ではないくらい立派な屋敷と街並みだとも言っていた。

もし行くことがあれば、きっとおのぼりさん状態になるのだろうな、と聖と春樹は思っている。

そんな光景を見ながら二人が今向かっているのは、部屋の窓から見えていた、屋台などが連なっていると思われる通りだ。もちろん宿の朝食はきちんと食べたのだが、パンとスープという簡単なものだったので、少々足りない。

そのため、買い物をしつつ食べ歩きをしようということになったのだ。

「いっぱいあるね、屋台。何かよくわかんないけど」

「おー、美味《うま》そうなのがいっぱいだな、よくわかんないけど」

そう、よくわからないというのが二人の正直な感想だった。

何かの肉の串、何かを焼いたもの、何かのジュースや何かのスープ。

書いてある文字は読めるし、食材の名前はなんとなくわかるのだが、実際にそれを目にすると途端に謎になるこの不思議。

迷った結果、片っ端から購入することにした。食べきれなかったものはアイテムボックスに入れればいいので、躊躇は必要ない。それがいいのか悪いのかは別として。

そして、屋台なので総じて安いというのがまた、ついつい手を出してしまう要因だった。

「ん、なんかこりこりして美味しいよ、この肉」

「これは、なんのスープだ？　すっぱいし辛いんだが……なんで黒いんだ？」

「……？　このジュース、豆乳っぽい味がする、透明だけど……」

「……こっちのは、ちょっと……なんかきゅうりっぽい味だ……体にはよさそうだな……」

「あ、このお菓子？　サクサクする！　味ないけど！」

「ほんとだ、サクサク！　でも味ないな！」

当たり外れはあるが、その土地の食べ物を食べるのが旅の醍醐味《だいごみ》だ。

そんな、完全にどこからどう見ても観光客と化した二人は、もぐもぐとしながら、何やら小物類を扱っている店を見つけ、覗き込む。

「いろんなのあるね、あ、けん玉だって」

「へー、きっと誰かが持ち込んだんだろうな。お、コケシもあるぞ」

見たことあるようなものから、なんだこれ？　といったものまで様々なものが並んでいる。その中で聖は、ふと目に入ったものを手に取ってみた。

「どした？」

「いや、なんかこの布が目について……」

「布？」

それは手のひらサイズの、ただの白い布きれ。ただ、その真ん中に日本語で『大・守』と書かれている。

「……日本語だな」

「……うん、それに『見て』も名前が【？】で内容も【魔力を流せ】しか書いてないんだよね」

「あー、それは気になるな」

「でしょ？」

間違いなく、落ち人の誰かが作ったものだと思われるが、詳細がわからない。碌《ろく》でもないものかもしれないが、ものすごく気になる一品だった。

そんな様子に気づいたのか、先ほどまで他の人の接客をしていた店主が、こちらに声をかけてきた。

「お、兄ちゃん買うかい？　それは落ち人が作ったとされてるもんだから、よそでは手に入らないかもしれないぜ？」

「んー、そうですね。これ、何かはわかりますか？」

聖が文字の部分を指さして聞くと、店主は首を横に振る。

「いや、残念ながらわからんな。落ち人作のものは使い方がわからないものが多いうえ、当たり外れもあるからな。でも貴重なもんだ、銀貨一枚でどうだい？」

「いくら貴重なものでも、外れの方が多いんですよね？　銅貨五枚」

「く、それはさすがにないぜ。銅貨八枚」

これ以上は譲らんと笑顔で語る店主に、聖はふと視線を落とす。そして目の前にあった、小物類が適当に入れられた箱の中から指輪を手に取ると、店主に向かって苦笑した。

「んー、じゃあこれもつけてくれたら、銅貨八枚でいいですよ？」

「……まあガラクタだしな。わかったわかった。それでいい」

「ありがとうございます」

にっこり微笑んで銅貨を渡し、「また来いよ」と笑う店主にお礼を言って立ち上がる。

そして、離れたところまで歩を進めて、聖はぽつりと呟いた。

「……ラッキー」

「あの店主、これが何かわかんなかったんだな」

春樹がやや気の毒そうに、聖が手に持った指輪を眺める。一見なんの変哲もないただの指輪だが、【主夫の目】で見ると、その評価は一変する。


【おまけの指輪】

本当に超がつくレアなアイテム。

これをつけて買い物をすると、何かよくわからないがおまけしてくれる確率が格段に上がるラッキーな指輪。

常に身につけるべし。


これ単体で手に入れようと思っても、どう考えても銅貨八枚で買えるものではなかった。

店主はガラクタと言っており、全く重要視していなかったが、落ち人作のアイテムが外れであったとしてもおつりが来るほどだ。

「掘り出し物って、本当にあるんだね」

「だな。さっそくつけた方がいいんじゃないか？」

「ん、了解」

はたしてどれほど効果があるのか。聖は指輪をつけて、買い物をしてみた。

「ええと、この串二つください」

「はいよ、この町に来たのは初めてかい？　よし、おまけでもう一本つけてやろう！」

「え？　ありがとうございます！」

本当に、おまけがついいた。偶然かもしれないと思い他の店でも買ってみたところ、大なり小なり必ずなんらかのおまけがつく。

指輪の効果は本物であった。

「なんか、申し訳ないくらいだね」

「そうか？　別にいいだろ、くれるって言うんだし」

心底ラッキーだと感じている春樹がさらりと言うと、聖も思い直して頷いた。

「そだね、くれるって言うんだから、貰うしかないよね！」

「おう！」

二人はその後もウキウキと、時間が来るまで目いっぱい、買い物という名の若干詐欺《さぎ》っぽい何かを全力で楽しんだあと、冒険者ギルドを訪れる。

そして依頼終了報告はなんの問題もなくあっさりと終了したのだが、聖と春樹はまだ帰らせてもらえなかった。

「――さて、では本題に入ろうか」

「あの、その前に、なんでここなんでしょうか……？」

聖は、目の前に座るエインザに困惑したように問いかける。

聖と春樹が通されたのは、なぜかギルドマスターの部屋。

問答無用だったのだが、訪れる冒険者ギルドでは必ず来てしまう呪《のろ》いにでも掛かっているのだろうか。そう本気で考える聖の横で、春樹は平然としていた。

その図太い神経が羨《うらや》ましいなと聖は思う。春樹も聖にだけは言われたくないだろうが。

（……なにもしてない、よね？）

今まではともかく、グレンゼンでは本当に何もしていないはずだ。唯一心当たりがあるとすれば【おまけの指輪】だけど、と聖が思っていると、ウィクトが苦笑しながら話し出す。

「ヒジリさん、あの盗賊たちの話があるやろ？　表ではちょっとできへんからな」

指輪のことはバレていなかった。ホッとして聖は頷く。

「あ、なるほど」

「そういや、どうなった？」

洞穴にいるという家族たちと合流できたのか、聖と同様に気になっていた春樹の問いに、その話だ、と頷きが返される。

「家族たちは、特に問題なく保護できた。今は騎士団の詰め所で、それぞれ事情を聞いている最中だ」

「それはよかったです」

「で、話は討伐報酬のことだ」

「「は？」」

聖と春樹の目が点になった。全く考えていなかったことがよくわかるその様子に、ウィクトとエインザが苦笑する。

「えっと、報酬を貰うようなことは何もしてないですよ？」

「まあ、俺も多少倒しはしたが、ほぼウィクトだしな」

なにせ特に被害もなく、最初に襲われた時も倒したのはほぼウィクトである。聖と春樹がしたことといえば、身の上話を聞いて料理を提供したくらいだ。そのため、食材の補填というならわかるが、報酬とは結びつかなかった。

そう述べると、なぜかエインザが感心したように頷き、ウィクトは仕方がなさそうに苦笑した。

「なるほど、これが落ち人か。普通の冒険者だったら確実に報酬の取り分を要求するものだが……」

「いやいや、落ち人っちゅうかたぶん、この二人やからやと思うで？」

「ほう、それはそれは……面白い」

何やら褒められているのか面白がられているのかよくわからないが、微妙な居心地の悪さに、二人は身じろぎする。

「えーと、それで……」

「ああ、それで報酬だが。ウィクトの活躍が大きかったとはいえ、一つの盗賊団による被害を未然に防ぐことができたこと、そして、その盗賊の口を割らせたことなどによる功績は大きい」

それに、とエインザは続ける。捕まえた盗賊の背景や身分を調べることも重要なのだが、通常、素直に口を開く者はほんの一握りしかおらず、かかる時間と労力はかなりの負担となる。そのため、なんでもぺらぺらと話してくれる状態になっていたことに、騎士団からお礼が届いているとのことだった。

「ああ、それと領主からも連絡が来ていてな。ぜひ会ってお礼を言いたい、とのことだが……どうする？」

「大変ありがたいのですがお断りの方向で」

領主とか何それやめてください。そう即座に浮かんだ気持ちのまま、迷いなく聖は即答した。隣で春樹も頷いているので問題ないと判断し、そのままの勢いで聖は続ける。

「ウィクトさんが代表で招かれればいいと思います」

「俺かいな⁉」

「そうだな、ウィクトが適任だ」

さらに春樹も追随《ついずい》すると、俺が行ってどうすんねん、とウィクトは呆れたようにため息をついた。

そして、恨めしげにエインザを見る。

「そんな誤解を招く言い方するからや、ちゃんと言うてくれや」

どういうことかと二人揃って首を傾げると、エインザが口を押さえて笑う。

「ふふふ、すまんな。領主には、すでに辞退の申し出をしている。フレーラから聞いていたからな、面倒なことは嫌いなんだろう？」

一般的な冒険者は、貴族とつながりを持ちたいと考える。もしフレーラから落ち人の情報を貰っていなければ、事前に断ることなどなかっただろう、とエインザは思う。

「まあ、領主も多少驚いてはいたが、そういう冒険者も稀《まれ》にいる。落ち人だという情報は流していないから安心しろ」

「なら、よかったです。ありがとうございます」

「で、報酬に戻るわけだが、一人大金貨一枚になる」

「……は？」

「……ひとり？」

大金貨？　それも二人でじゃなくて？　との仰天した問いに、頷きが返る。

「えっと、多すぎませんか？」

「いや、これはほぼ領主からのお礼金なんや」

「「え」」

「領主としても、有能な冒険者とのつながりは何よりも欲しいもんやからな。印象をよくしておきたいんやろ」

　そうウィクトに説明されるが、聖も春樹も首を傾げてしまう。

「……有能って言っても、俺らまだランクEなんだけど」

「うん、駆け出しもいいとこだよね。印象をよくしたいっていうのは、僕たちからのじゃなくて、むしろウィクトさん、というか冒険者ギルドからの、じゃないですか？」

「まあ、間違ってはいないな。こちらにも礼金は支払われているからな」

　だが、とエインザは目を細める。

「あの領主は鼻がよくてな。これと思ったことは外さない。その中でも今回は特に大盤振る舞いだ……君たちがこれから何をしてくれるのか、本当に楽しみだよ」

　エインザはそう笑みを浮かべて言うが、聖と春樹は別に何もする予定はない。というか、しようと思ってしたことはない。ダリスでの出来事を思い浮かべても、全て成り行きだった。

「はあ、じゃあ今回は初めての外れですね。報酬はありがたく貰いますけど」

「そもそもすぐに移動するしな、デウニッツに」

「そうだよね」

　うんうん、と頷きつつ、ダリスと同じように金貨と銀貨にしてもらったお金をしまう。

「さて、それでは次に移ろう」

「次？」

やっぱり指輪のことか、と若干身構える二人だったが、全く別のことを告げられた。

「ああ、フレーラから聞いている、と言っただろう？　もちろん炭酸水のことだ」

「「ああ……」」

盗賊関連の報酬の件で頭から抜け落ちていたが、実はこの部屋に入った時から、注ぎ口のついた樽が目についていた。しかも五つ、どんっ、とこれ見よがしに置かれた状況は、不自然以外の何物でもない。

「えーと、じゃあこれ全部に入れればいいんですか？」

「ああ、頼む」

「わかりました」

さっさと済まそうと、言われた通りに聖がどばどばと注ぎ始める。エインザは一瞬何か言いたそうな顔をしたが、ウィクトが首を横に振ると諦めたような、納得したような表情を浮かべた。だがすぐに気を取り直して、春樹へと向き直る。

「樽一つで金貨一枚と聞いているが、それで問題ないか？」

「ああ、それでいい。というか、飲んでみないでよかったのか？」

春樹は当然の疑問を口にする。

なにせエインザは、実際の商品の確認をしていない。ウィクトが持っていたのはサンドラス王国に売るものだけなので、当然手をつけることはない。

だからこその問いだったのだが、エインザは問題ない、と言いきった。

「フレーラの目は正しいからな……ちなみに、この樽の一つは私個人のものだ」

「は？」

春樹は思わずぽかんと口を開ける。エインザは当然と言わんばかりの表情で、ウィクトはその手があったか、と手を叩いた。

「エインザさん！　他に空の樽ってないやろか⁉」

「あるが……必要か？」

「おおきに！」

手元のポーチから追加の樽が出され、大喜びのウィクト。

「ヒジリさん！　樽一つ追加で頼んます！」

「あー、はい、わかりました」

もはや五つも六つも変わらない。春樹が呆れつつ、ウィクトから追加のお金を受け取っているのを確認し、聖はさらにどばどばと注いでいく。

「聖、全部いけそうか？」

「うん、大丈夫じゃない？」

「わかった」

聖はいとも気軽に返事をして、全部の樽に炭酸水を注ぎ入れた。

もちろん魔力が枯渇《こかつ》することはなかったが、ウィクトが生暖かい目で見ているのが微妙に気になった。さらに言うと、エインザは感心したように頷いているし、春樹はあたり前といった顔をしている。

「えっと、終わりましたけど……」

「ああ、いい取引だった。また、そうだな……デウニッツの帰りにでも寄ってくれると助かる」

どのくらいデウニッツに滞在することになるかはわからないが、二人は頷く。

今回は特に見る気はないが、次に来る時は、依頼ボードを見てみるのもいいかもしれない。そんなことを考えていた聖は、なんとなく気になったことを聞いてみた。

「あ、そういえばこの辺にダンジョンてあるんですか？」

「領主の館にあるな」

予想外の返答に二人は驚き、春樹が声を上げる。

「は？　なんで領主の館に？」

「正確には、領主の館の敷地に、だな」

エインザによると、最初からあったわけではなく、ある日たまたま発見され、当時は大きな騒動になったそうだ。

「もちろん被害が出ないように結界が張られ、騎士団が警備しているが、冒険者は普通に入ることが可能だ——もっとも、通行料として一人銅貨一枚かかるが」

なにせ、領主の館の敷地内ということもあり、警備の騎士の数が多く必要になる。その維持費というわけではないが、負担にならないようにほんの少し徴収しているそうだ。

確かに銅貨一枚とは、日本の感覚でなら百円くらい。そのぐらいならいいかな、と思える金額だった。

「あ、でもまだ入られへんよ？」

「え？」

ウィクトの言葉に、思わずきょとんとする。

「ランクはDや。二人ともまだEランクやからな」

「あー、そっか残念だな」

「忘れてたよ……」

そう、ダンジョンにはランクというものがあり、自分の冒険者ランクと同じものまでしか入れない。だが、Dランクに上がるには、まだまだ依頼達成の数が少ない。

残念そうに肩を落とす二人へと、ウィクトが思い出したように口を開いた。

「確か、デウニッツにもダンジョンあったはずやけど……」

「ああ、あるな。ランクEのものもあった……ただあそこのダンジョンは少々特殊だから、ギルドの承認が必要になる」

「どういうことだ？」

春樹がエインザに聞くが、行けばわかる、と言われ二人は顔を見合わせる。だが、一番の目的は魔法を習うことであり、ダンジョンに潜ることではない。

よって——

「ま、入れたら入ろっか」

「そだな。成り行きでどうとでもなるだろ」

実にあっさりと、考えることを放棄《ほうき》したのだった。

翌日、聖と春樹はウィクトの案内で商業ギルドに来ていた。

奥に受付があるのは冒険者ギルドと同じだが、客層が全く違う。

どこかのお店の店員といった人や、商人や執事《しつじ》のような恰好をした人などがおり、その誰もが笑みを浮かべながら受付のギルド職員と会話をしている。

だが、どうにもその笑みが恐ろしく感じられて、二人は内心たじろいだ。

そんな二人の様子に苦笑しながらウィクトが説明する。これは会話という名の戦いをしているのだと。

何かあれば手や足が出る冒険者ギルドとは違い刃傷沙汰《にんじょうざた》になることはあまりないが、その代わり情報という名の凶器が使われるのが商業ギルド。いろんな意味で、大変恐ろしい場所だった。

「商業ギルドで揉め事《もごと》を起こして社会的に抹殺《まっさつ》されたっちゅう奴もおるから、喧嘩《けんか》っ早い冒険者は特に気ぃ付けなあかん」

「……あー、はい。あんまり来ることはなさそうですけど」

「だよな。今回は特例だろ？」

「そやな」

ウィクトは軽く頷きながら、空いている受付に近づくと、手に着けた腕輪を見せる。

「……冒険者ギルドの方、ですか。本日はどのようなご用事で？」

「商談や。新鮮なハイウッサーの肉はあるやろか？」

その瞬間、ギルド職員とウィクトの瞳がぎらりと光ったのは、はたして聖と春樹の見間違いだろうか。

「十分な数を揃えられると存じますが、いかほど必要でしょうか？」

「ああ、そやな――」

両者が凄味《すごみ》のある笑みで話し始めるのを見ながら、聖と春樹はウィクトの後ろで特に何もすることなく座っていた。

会話に交ざれる気はしないいし、交ざろうという気も欠片も起きない。二人で小声で言葉を交わす。

「……ハイウッサーってなんだろ、ウッサーの進化系？」

「似たようなもんだろうけど。強そうだよな、ただのウッサーより」

「だよね、美味しいといいね」

「美味《うま》いだろ、ウィクトが選ぶくらいなら」

「まあ、確かに」

今回商業ギルドに来たのは、先日の盗賊事件で使った食材を補填するためである。

冒険者ギルドでも買取をしているらしいのだが、食材に関しては商業ギルドの方が数を揃えられるとのこと。

そんなわけで、ウィクトに連れられてきたのだが……

「……商業ギルドって、怖いね」

「……ここは魔窟《まくつ》だな。俺たちは場違いだ」

間違って紛れ込んじゃった感が半端なかった。

商業ギルドを利用する冒険者もいないわけではないが、そういう人は基本的に流れの商人が本職で、商品を自分で調達するために冒険者ギルドにも所属している、ということらしい。

そのため、ただの冒険者とその付き人である春樹と聖はものすごく浮いていた。なんでいるんだろう、という視線をちらちらと感じつつ、ウィクトの商談が終わるのをぼーっと待つ。

「さ、行くで」

「あ、はい」

「終わったのか……」

何やらいい取引ができたのか、清々しい表情のウィクトに連れられて二階へ上がり、奥へと進んでいく。

「……ん？」

「……今、なんかあったか？」

途中、何か薄い膜のようなものを通り抜けた感じがして、聖と春樹が振り向くが特に何もない。

そんな二人にウィクトが首だけで振り返る。

「ああ、よう気づいたな。防音の結界や。下の声とか聞こえへんやろ？」

言われてみれば確かに静かだった。

「二階にはギルドマスターの部屋とか、大規模な商談用スペースとかもあってな。音が届かんように、そうして結界を張っとるわけや」

「そうなんですね」

二人はへーと感心しつつ歩く。

「って、そういや俺たちはどこに行くんだ？」

「ん？　倉庫や」

着いたで、と言われて扉をくぐる。そこは大広間になっており、一面に並べられた棚には何やら番号や名前が書き記されていた。

「ウィクト様ですね」

「そや、品物を出してくれ」

「かしこまりました」

頷いたギルド職員は棚から袋を取り出すと、広間の中央で止まる。そして、袋からそれを取り出し始めた。

「「……でっか」」

「解体はできるやろ？　その分、安くたくさん仕入れたで」

どんどん置かれていくのは、ハイウッサーだった。

見た目はウッサーと変わらないが、とにかく大きい。春樹ほどの背丈のものが、全部で十体もあった。

「……ウィクトさん、なんか多いです」

「この量でも、消費したウッサー分の金額に少し色をつけた程度の値段や。自分で解体する手間の分は安くなっとるから、適正価格やで。遠慮《えんりょ》せず持っていきや」

「ええと、そうなんですか？」

確かにこの大きさの魔物を解体するとなると、できなくはないだろうが割と大変な作業だ。その手間を考えれば、聖が提供したウッサー肉とほぼ等価というのは嘘ではないだろう。

「じゃあ、遠慮なく」

「大量だな！」

「ちなみに見てわかる通り、ハイウッサーは大きいウッサーみたいなもんや。味は……ウッサーよくる。


りちょっとだけ美味《うま》いな」

「はい、ありがとうございます！」

聖はいそいそとハイウッサーをしまう。そしてウィクトに促され、商業ギルドをあとにした。

その後も商店街を歩きながら、目についた食材を片っ端からウィクトが買い、こちらへと渡してくる。

最初は申し訳ないなと思いつつもありがたく受け取っていたが、あまりにも止まらないウィクトに、途中から本気で止めに入った。

「ちょ、ちょっとウィクトさん！　さすがに貰いすぎです！」

聖が必死に声をかけるが、ウィクトは聞いていない。

「おっちゃん、そこのレータス買うからこっちのおまけしてや」

「おう、まいど！」

「ウィクト！　どんだけ買う気だ!?」

さらに春樹も肩を掴んで制止するが、ウィクトは止まらない。

「肉は買った、野菜はもうええか、なんか果物は……おばちゃーん！」

「「……」」

——ようやくウィクトが買い物を終えたのは、昼を回った頃だった。

商店街を抜けたところにある噴《ふん》水《すい》の縁《ふち》に座り、ようやく一息つく。聖と春樹はすでに疲労困憊《ひろうこんぱい》だった。

「ウィクトさん、ほんっとにもういいですから」

「ああ、もう十分だ。ほんとに十分だ」

ウィクトは疲れきった二人に首を傾げる。

「そうか？　ドーン鳥の卵の情報提供料分も含んでるから、そんな多くないで？」

綺麗に頭から抜け落ち、そんなこともあったな……という表情を浮かべた二人を気にすることなくウィクトは続ける。

「それにもう一か所だけ、寄る必要あんねん」

手元にあったハイウッサーの串肉を食べ終えると、とある方向を指さす。

そこには何やら透明なものに覆われた、ドームのようなものが見える。

「……何があるんだ？」

ものによっては却下《きゃっか》だ、と言わんばかりの表情で問うた春樹に、ウィクトはあたり前のような顔で言う。

「何って、パンやけど」

「は？」

「パン屋、ですか？」

どう見てもパン屋には見えないのだが、ひょっとすると小麦粉が売ってるかもしれないと若干テンションが上がる聖。

「何言うて……」

不思議そうに何かを言いかけたウィクトは、すぐにはっとした表情を浮かべた。

「そやったな、見たことないか。あそこはパンの木があるとこや」

「「は？」」

「普段食べてるパンが採れる木があるとこや」

「「……」」

二人はぽかんとウィクトを見る。最初はウィクトが冗談を言っているのだと思ったが、そうではなかった。

聖と春樹は驚きをもってパンの木がある方向を眺める。

「木……さすがにそれは予想外」

「ああ、凄いな異世界」

「まあ、こっちとしては驚く意味がわからんけどな。さ、行くで」

「あ、はい」

「おう」

ウィクトについて、道を歩く。近づいていくと、ドーム状になった透明な膜の中に、確かに何かの実がついた木がうっすらと見えてきた。

「……あれがパンか」

「……うん、凄いね。って、あれ？」

「どした？」

「あー、うん。なんか凄い厳重《げんじゅう》な門があるなって。どこの国だろ？」

外れの方まで来ていたので、ちょうど門が見えた。さすがに他国へとつながる門は厳重な警戒が必要なのか、厳《いか》めしい鎧《よろい》を着た者たちが、整然と並んでいる。

「……あそこはイースティン聖王国の門や」

「イースティン聖王国？」

「そうや」

心持ち早足で歩き出したウィクトに遅れないよう、二人は慌ててついて行く。すると、ウィクトが少しだけ声を落として説明する。

「あそこは人族至上主義を掲げとる国や」

「人族って」

「……エルフとか他の種族を否定してるってことですか？」

「ああ。人族以外のもんがあの国に行くと、ものっそい不快な思いするらしいて、愚痴《ぐち》る冒険者がよくおんねん。人族でも、他国から来るもんは馴染《なじ》めんて話も多いし、あんま行きとうない国やな」

そのため、こちらから行くにしても、あちらから来るにしても警備が厳重にならざるを得ない。

特にあちらの国の国民が来る場合、他国の異種族とのつながりを懇切丁寧《こんせつていねい》に根気よく、お話しする必要があるとか。

「まあ、せやからあの国に行くんはあんまお勧めせえへんな」

「……今の説明だけでもうお腹いっぱいです」

「だな、行きたくなるほどの魅力《みりょく》は全く感じない」

恐らく行くことはないだろう、と聖も春樹も思う。なんらかの理由で行かざるを得ないとしても、目的の場所に一直線で行き、わき目も振らずに取って返すことになるはずだ、きっと。

そんなことを考えていると、目的地に到着した。

「さ、採るで」

「……採る？」

『買う』じゃないんだろうかと純粋な疑問を抱えていたが、受付で何やらお金を払ったらしいウィクトに促されドームの中へと入る。

そして、二人の目の前に現れたのは、本当にパンが生《な》る木だった。

「「……パンだ」」

唖然として、ただそれだけを呟く。ダンジョンでのドロップ品と同じように、薄い膜に包まれたパンが、木にたくさんついていた。

「時間は三十分ある、存分に採ってや」

「「え？」」

どうやら果物狩りならぬ、パン狩りスタイルらしい。

その事実に一瞬ぽかんとした二人だが、再度ウィクトに促され、設置された梯子《はしご》を上っていく。

改めて近くで見ると、本当にいつも食べている、あのちょっと硬いパンだった。

謎の感動を抱きつつひたすら採っていた聖だが、ふと思いついて、どこかに違うパン……たとえばふわふわなやつはないのだろうかと見渡す。

（んー、やっぱりなさそう、かな。残念）

ドロップ品で手に入るのか、それとも他のパンの農場？　にあるのか。

そんなことを考えていると、同じく辺りを探すように見ていた春樹と目が合い、苦笑した。考えることは同じだった。

その後は、ないものはないので、時間ぎりぎりまで目の前のパンを採り続けるのだった。

5章　そこは魔法の国

「ほな、またな」

一夜明けて早朝、馬車に乗り込んだウィクトが軽く手を振る。

「はい、お気を付けて」

「おう、またな」

そんな軽い挨拶で馬車が見えなくなるまで見送ったあと、聖は堪えきれずに大きく欠伸《あくび》をした。

「大丈夫か？」

「うー、眠い」

「だろうな」

春樹が心底呆れたように呟く。

昨夜、もう一晩宿をとった聖が部屋でやったことは、ひたすらハイウッサーを捌くことだった。

なにせ十体分だ、時間もそれなりにかかり、終わったのは日付が変わる少し前。

もちろん部屋の中はだいぶスプラッターになってしまったが、こういう時に魔法とは便利なもので、春樹の【洗浄】で綺麗に元通り。

唯一戻らなかったのは、春樹の青ざめるを通り越して土気色《つちけいろ》になった顔色ぐらいだろうか。

そのままふらふらとベッドへ突っ伏した春樹を横目に、聖は次の作業を開始していた。

ウィクトに貰った食材があまりにも大量すぎたので、少しでもお返しするべく、せっせとお弁当を作り始めたのだ。しかしつい興《きょう》に乗ってしまったのが運のつき。ふと気づいた時には、すでに日が昇ろうとしていた。ほぼ完徹《かんてつ》だ。

とはいえ、その甲斐《かい》あって、ウィクトがものすごく喜んでくれたので聖は良しとした。だが、若干ふらふらとしていたため春樹が心配そうに確認する。

「で、どうする？　デウニッツに行けそうか？」

「うん、行く」

もう一泊してもいいぞという春樹の提案を断って、聖は、最近使い道がありすぎる気がするレモの実を一つ口へと放り込む。

「――っ！」

さすがにまだ、このすっぱさに慣れてはいない。それを喜ぶべきか悲しむべきか迷うところだが、とりあえず目は覚める。

「……っ、すっぱ、いけど、大丈夫。目は覚めたからばっちり！」

「あー、うん。ならいいけど」

別に無理に目を覚まさなくても……と春樹が呟くが、あまり長くグレンゼンにいても面倒なことが起こりそうなので、早く移動したいというのが聖の本音だった。休むのならデウニッツで。

そう伝えると、春樹も頷いた。

「それもそうだな。じゃあ、行くか。確かこの道をまっすぐ行った門だよな？」

「うん、そう。早朝なのに人いるね」

デウニッツの門の近くまでウィクトに乗せてもらっていたので、歩けばすぐに着く。そうして徐々に見えてきたのは高い壁。

魔法都市デウニッツとは、その一都市だけで独立した国と認められている、少々特殊な場所だ。四方を山脈に囲まれており、唯一の入口がグレンゼンにあるこの門である。

もちろん、山脈を越えられれば都市に入ることもでき、運試しとして挑む者もいるらしい。成功者は数百年に一人くらいとのことだが。

「お願いします」

門のところで、冒険者ギルドから貰った紹介状とギルドカードを渡す。ささっと中を改められると、すぐに許可が下りた。

「ここを通り抜けたらまっすぐ進みなさい。受付がある」

「えっと」

「ここ、を？」

言われ、少しだけ躊躇する。なにせ通り抜けろと言われたところには白い膜のようなものが揺らめいており、その先は何も見えないのだ。

それでも恐る恐るなんとか通り抜けると、一面が真っ白な通路に出た。気になって振り返ったが、通り抜けたはずの場所はもうどこにも見えない。

二人はどちらともなく顔を見合わせる。

「……まっすぐ？」

「……まっすぐ、だよな……」

言われた通りに進み出す。すたすたと、徐々に速足になりながら進むこと数分。

気が付けば二人は、広間のようなところに出ていた。そこでは、今まで誰にも会わなかったことが不思議なくらい大勢の人が列を作っている。

「……並べば、いいのかな？」

「……たぶん」

不可思議な現象に驚きながらも、適当に列の一つを選んで最後尾へと並ぶ。どうやら列の先頭がデウニッツへの受付になっているようだ。

列は順調に進み、それほど待つことなく二人の順番がやって来た。

「紹介状と、身分証を。あら、冒険者ギルドから……初めてかしら？　そう、なら入ったら止まらずに進みなさいね。ようこそデウニッツへ」

にこりとした微笑みに見送られ、聖と春樹は再び白い膜のようなものを通り抜ける。

そして、その先でぽかんと口を開けた。

「……は？」

「……へ？」

後ろから「止まらないでね！」との声が聞こえ、慌てて横の邪魔にならないところへと行き、再び立ち止まる。

魔法都市デウニッツは、その名の通り、魔法を教え学びそして研究する都市。そのため都市全体が学校みたいなもので、中央にある巨大な塔《とう》を囲んで学《まな》び舎《や》が並ぶ。

道行く人たちのほとんどが魔法使いのような、全身をすっぽりと包むローブを着用しており、他の恰好をした者はあまりいなかった。

だが、聖と春樹が驚いたのはそれが理由ではない。

確かにグレンゼンとの違いに驚きはするが、そこではなかった。

二人はただただ呆然と、驚きの原因がある空を見上げる。

「……飛んでる、よ……？」

「……ああ……しかも箒、だな……」

そう、箒に跨《また》がり、悠々《ゆうゆう》と空を飛ぶ魔法使いたちがいたのだ。

足を踏み入れた瞬間に目に入ったこの光景に、今までの異世界というものとはまた違う衝撃を、二人は受けていた。

「ねえ、これって異世界的には常識？」

「いや、どっちかっていうと、アニメ寄りな気が……」

どこで線引きをしているのかは謎な春樹の発言だが、聖としてもわからなくもない、ような気がして頷く。

「あ、そういえばマジック箒が超人気って、言ってたよね」

「……こういう意味かよ。掃除用じゃなかったんだな」

「うん、まさかだよね。びっくり」

さすがに予想できなかった、夢のような光景を眺めながら、聖はふと思いついたことを口に出した。

「……魔法を覚えたらさ、僕らも飛べるのかな？」

それは純粋な疑問だった。

なにせ手元には、神の導きとばかりにマジック箒がある。これはもう、飛べということではないのか。

「便利だよね、飛べたら」

「だよな。じゃあもう一本どっかで箒を手に入れないとな」

「あー、こんなことならクヒト村でもう少しタッケーの木、見とくんだった」

もしかしたらあったかもしれないのに、と思わず嘆《なげ》く聖。だが、春樹は「それは、あとが面倒だろ」と言う。

「あと？」

「一度目は幸運でも、二度目は怪しまれるんじゃないか？　まあ、今更な気もしないでもないが」

「あー、うん、確かに……」

聖はそっと目を逸らす。

何もしていない、と思っていた。だがよく考えると、運で片付けるにはちょっと、いやだいぶ無理なことが多い気がしてきた。

しかし春樹の言う通り、それこそ今更気にしても仕方がないだろう。あっさりと棚の上に上げ、話題を変える。

「よし、まず冒険者ギルドだけど……お腹減ったね」

「そうだな。まずは腹ごしらえだ」

何はともあれ、空腹はよろしくない。というか、いつまでも入口にいるわけにもいかないので、なんとなく人の流れに沿って歩き始める。

ローブを着ていない聖と春樹は少しだけ目立っていたが、不思議と視線は感じない。

基本的に魔法以外に興味がないとウィクトから聞いていたのだが、こういうことかと納得した。

「あ、あれ食堂じゃないか？」

「ほんと、だ？」

春樹が示す方向を見た聖は、頷こうとして思わず首を傾げてしまった。

なにせ名前が『おばばの魔法料理専門店』。

料理と書いてあるが、ものすごく怪しげだった。

「……入るの？　興味はあるけど」

「あー、えーと」

さすがの春樹も躊躇したのか、きょろりと辺りを見回すが、他に食事ができそうな場所は見当たらない。

もう少し歩けばあるのかもしれないが、一度意識したお腹は盛大に空腹を訴《うった》えていた。

「「……」」

二人は暫し無言でその店を見つめ、意を決したように頷き合うと、どちらからともなく店内へと入った。


「よかった。普通だ」

中はいたって普通だった。普通にお客さんがいて、普通に美味しそうな匂いがして、普通に席に案内された。それに、ほっと息をついて、二人はメニューを取る。

「さて、料理は……」

メニューを見るが、もちろんいつも通りわからない。この世界の食材も徐々に覚えてきてはいるのだが、国が違えばがらりと変わる。メニューを見続けること数分。

「……じゃあ、僕は『おばばのおもてなしパーティー』で」

「……俺は、そうだな『切れ味抜群鍋』だな」

「かしこまりました～！」

「「……」」

お互い、頼んだ料理名を聞いて沈黙。店員の元気な掛け声は耳を通り過ぎていった。

「えっと、何それ？」

「いや、それはこっちの台詞なんだが……」

もちろんお互い、頼んだ料理の詳細はわからない。戦々恐々としながら待っていると、美味しそうな匂いと共に、それは運ばれてきた。

まずは聖の頼んだ『おばばのおもてなしパーティー』。見た目はお子様ランチみたいなものだと言えばいいだろうか。だが、ここは異世界であり、魔法都市。旗《はた》は風もないのに靡《なび》き、ソースが花火のように打ち上がり、ハンバーグっぽいものは笑い声を上げている。

聖はすぐさま店員へと質問した。

「……すみません。このソース？　はどうやったら止まるんですか？」

「あ、肉を刺せば止まりますよ」

「……」

なぜこの世界の不思議料理は刺すことを前提とされているのだろうか。そんな行き場のない思いをぶつけるかのようにさくりと刺すと、無事花火は止まった。さらにハンバーグっぽいものの笑いも止まる。

「あー、ついでになんか切るものないか？」

春樹も困り顔で聞いた。春樹の頼んだ『切れ味抜群鍋』は、器は普通の鍋なのだが、まるで蓋のように肉がでんと載っている。しかし切るためのナイフはついておらず、どう見ても食べ辛そうだった。だからこその言葉なのだが——

「付け合わせの薬味をかけてもらえますか？」

「へ？　ああ」

付け合わせ、と言われ春樹の目に入ったのは、小さな小鉢に入ったネギっぽいもの。ただし、ぴょんぴょん飛び跳ねている。

それを無視して促されるまま肉へとかけると、ネギっぽい何かがすぱすぱすぱっと見事なまでに肉を一口サイズに切り分け、そしてそのまま鍋の中へ沈んでいった。

「では、ごゆっくりどうぞ～」

そんなお決まりの言葉と共に店員は去っていくが、聖も春樹もお互いの料理を見て動かない。

そして二人同時に思うことはただ一つ。

——恐るべし、魔法都市デウニッツ。

「えっと、美味しいよ？　このソースも、お肉も」

「ああ、こっちも美味《うま》い、な。スープも野菜とかの出汁《だし》が出てるし」

「あ、旗も食べられるみたい。うん……なんか、ぽりぽりする」

「さっきのネギっぽいやつだ。うん、ネギだ」

いろいろと言いたいことはあるものの、結論としては結構美味しかった。

知っている食材らしきものも入っていたが、全く知らないものの方が遥かに多い。これはぜひともお店を回らなければと、食べ終わった聖は気合を入れ直す。

「じゃあ、お店巡りで」

「いや、まずは冒険者ギルドだろ」

即座に返ってきた呆れたような春樹の言葉に、聖は「あ」と口を開ける。食事のインパクトが強すぎて、すっかり目的を見失っていた。

その後、二人は冒険者ギルドに向かったのだが、到着したのは、食事処を出てかなりの時間が経ってからだった。ちなみにお店巡りは一切していない。

「や、やっと着いた……」

「どうなってんだここはっ」

中央の塔を囲むように並んでいる学び舎、その一画が冒険者ギルドになっていることは聞いていたので、とりあえずは塔を目指せばよかった。

だが、行けども行けども辿りつけない。道があることはあるのだが、とても入り組んでいてまるで迷路のようになっているのだ。

ここまで来るのに、いったい何度道を尋ね、迷い、再度道を尋ねたのか、もはやわからない。

途中聞いた話によると、都市の大きさは変わらないのに移住希望者が多く、空いている隙間《すきま》にねじ込むように家を建て続けた結果、気づけばこんな状態になっていたそうだ。

それはとても不便だろう、と思った二人だが、段々慣れてくるらしく特に不満はないとのこと。それに住民のほぼ全員が魔法を使うので、いざとなれば空を飛べばいい、との認識だった。

確かに空に障害物はないしね、と思うと当時に、だから多くの人が空を飛び交っているのかと、深く納得した。そして、早く空を飛びたいと心底思った。

「……とりあえず、入ろっか」

「……そうだな」

へろへろだったが、ギルドの中へと入る。

基本的には他の町のギルドと同じ作りをしていたが、冒険者の姿に違いがある。魔法使いだと思われる服装をした人が圧倒的に多かったのだ。特に、似たようなローブと同じブローチをつけている人がちらほらと見える。

それを見て春樹が「学生か？」と口にする。

「学生が冒険者？」

「試験とか授業の一環じゃないか？　異世界学校ものの定番だな」

「へー」

そんなことを話しつつ、隅の方にある受付に行くと、ローブを纏《まと》った同い年くらいの少女が気づいて顔を上げた。緑色の髪をさらりと揺らし、にこりと笑みを浮かべる。

「初めての方ですね。ギルドカードをお願いします」

いつものように渡すと、すぐさま内容を確認される。そして彼女は、その茶色の瞳をきらりと輝かせた。

「あ、落ち人さん。んー、中学、いえ高校生くらい？」

「「え」」

二人が驚きに目を見張ると、少女は笑みを深めた。

「改めまして、私はグレイス。ここでの専属よ」

「……まさか、そっちも落ち人か？」

「あ、違うわよ」

春樹の疑問に、ぱたぱたと手を振って、グレイスは少し考えるように首を傾げる。

「んーと、そうね……そっちは転移でしょ？　ひょっとしたら召喚かもしれないけど」

「……ああ」

春樹が頷く。だが、落ち人ではないと言いつつも、こちらの世界の住人からは出てくるはずのな

い、元の世界のワードを使っており、困惑は増すばかりだった。

それをわかっているのか、グレイスは実にあっさりと答えを口にした。

「私、転生者なのよ」

「「は？」」

再度、二人は驚きに目を見開くが、グレイスは気にすることなく説明していく。

「あんまりはっきりとは思い出せないんだけど、事故に遭って気づいたら赤ちゃんよ。全く意味がわからないし、赤ちゃんの時の羞恥《しゅうち》プレイには参ったわ」

さらに「十七歳の女子高生に今更おむつとか辛かったわー」と遠い目をして語るグレイス。だが、そんな様子など気にしていられないほどに、聖と春樹にとって彼女の言葉の破壊力はすさまじかった。

二人してぽかんと口を開け、グレイスを凝視する。

「え？　転生とかって、ホントにあるの？」

「あるから私がここにいるのよ？　……ちょっと、なんで異世界転移しといてそこを信じられないの!?」

「いや、だって俺らの姿かたちは変わってないし……凄いな、転生か」

「……え、なんで私、そんな上には上がいるもんだ、みたいな目で見られてるの？　ちょっとやめてくれない!?」

グレイスが引きつった表情で必死に抗議する。だが聖も春樹も、凄い人がいるもんだ、と感嘆の眼差しでグレイスを見続けた。

しばらくそうしていた三人だったが、誰ともなく噴き出した。

ぽんぽんとテンポのよい言葉の応酬《おうしゅう》とこの距離感。とても懐かしいそれに、聖と春樹は肩の力が抜けるのを感じる。

「えっと、それでグレイスさん？」

「グレイスでいいわよ。なに？」

「じゃあグレイス。転生者って、他にもいるの？」

「さあ？　少なくとも、私は知らないわ」

冒険者ギルドで回ってくる情報網には、今のところ転生者は引っかかっていない。もちろん過去には存在していたし、そういう存在がいることは知られている。だからもし現在いたとしても、隠して過ごすことを選択した人だろう、とグレイスは言う。

ちなみにグレイスは、隠すという選択をしなかったのだが。

「私、このデウニッツで生まれたんだけど、ほら、ここってだいぶ特殊でしょ？　聞いてると思うけど魔法以外のことにはそんなに興味がないのよ、みんな」

だから両親にしても友達にしても「私、前世の記憶があるの」と告げても「あ、そうなんだ」とあっさりと受け入れられてしまった。

「……変な目で見られなかったのか？」

そんな春樹の素朴な疑問に、グレイスは首を振る。

「ないわね。というか本当に、誰も彼もびっくりするぐらい魔法にしか興味がないの」

寝ても覚めても、食事中ですら魔法に関することばかり。なにせデートの時ですら話題は魔法理論、食事は魔法料理という徹底具合。さらに、遊びに行く、というのは魔法の実技を示す言葉だという。

呆れたように語るグレイスだが、その瞳はどこか楽しげだった。

「凄いでしょ？」

「……あー、うん」

「……魔法オタク……」

あまりの変人っぷりに、聖は苦笑し、春樹は口元を引きつらせる。

そして、同じことを考える。果たして、ここに魔法を習いに来たのは本当に正解だったのだろうかと。

「あ、そういえばどんな理由で転移してきたの？　私と同じく事故？　それとも目が覚めたら異世界、とか？　二人一緒っていうのも珍しいわよね」

グレイスの純粋な疑問に、聖と春樹は一瞬顔を見合わせる。

なにせ理由が理由なため、信じてもらえるか怪しい。少し迷っていると、何かを勘違いしたのかグレイスが慌てたように口を開く。

「あ、ごめんなさい。別に言いたくないならいいのよ？　ちょっと気になっただけだから」

「ああ、いや。たいした理由じゃない……まあ、俺はある意味巻き込まれ、か？」

「あー、うん。巻き込んだ、んだよね、たぶん僕が」

「そうなの？」

きょとんと首を傾げるグレイスに、聖は言いにくそうに言葉を探し、けれどすぐに諦めたように笑う。

「ほんとに偶然ていうか、嘘みたいな理由。簡単に言うと……道を歩いててバナナの皮ですべったら異世界だった」

「……は？」

グレイスの目が点になった。

「で、隣にいた春樹の腕を無意識に掴んでたみたいで、一緒に異世界」

「ああ、聖のその判断には本当に感謝しかないな」

「……はぁ？」

今度はグレイスがぽかんとする番だった。頭の中で今聞いた言葉を反芻《はんすう》して、そして整理しきれずに心のまま突っ込む。

「バナナの皮!?　どこのマンガよそれ!!　溺《おぼ》れたって人ならいたけど、さすがにそれは聞いたことないわよ……ていうか感謝って何？」

「春樹のことは気にしないで」

聖は即答でスパッと切り捨てる。グレイスが微妙な表情をしたが、当の春樹が全く気にしていないので問題ない。

「……溺れた人って、僕らとは他の落ち人？」

「え？　ああ、そうね。五年くらい前だったかしら？　二十代くらいの男の人が、このギルドに来たことあるわ」

これ以上は個人情報になるから話せないけど、と少しだけ申し訳なさそうに言うグレイスに、春樹が空気を読まずに尋ねる。

「へえ、結構最近なんだな。その人はなんかやらかしてたか？」

「春樹。いくら過去の落ち人がいろいろやらかしてるからって、その人もそうだとは限らないよ」

なんてこと聞いてるのかな、と思いながら聖が言うと、どこか呆れたようなグレイスのため息が聞こえた。

二人が思わずグレイスを見ると、視線をちらりと先ほど確認したギルドカードへと移し、そして苦笑いを浮かべる。

「あのね、その人はちょっと変わってたけど、別に何もしてなかったわよ」

「だって、春樹」

「そうなのか」

「ていうか、むしろあなたたちの方がいろいろやらかしてると思うんだけど」

「「え？・」」

自覚はないの？　と言いたげなグレイスに、思わず口を噤《つぐ》む。あるかないかと聞かれたら、まあ、多少はあると答えよう。だが、二人にも言い分はある。

「えっと、でも大したことじゃない、よ？」

「だよな。過去の奴らに比べたら些細《ささい》なことだろ？」

そう、ちょっと炭酸水を売ったり、マーボンフィッシュが美味しいということを教えたり、その程度のはずだ。そう主張するもグレイスは首を横に振る。

「今ってね、英雄王たちがいろいろやらかした結果から世に広まった知識に対する、この世界の人たちの違和感が、薄れてたり忘れられてたりしてる時代なの」

そこで言葉を止めたグレイスは、二人の瞳をしっかりと見て、そして一言一言はっきりと伝えた。

「だからある意味、目立つのよ。何をやっても、ね」

「え」

「は？」

英雄王たちが広めた知識の数々は時代の移り変わりと共に廃《すた》れ、あるいは世界に馴染み、ほとんど常識になりつつある。そのため、小さなことだろうが大きなことだろうが、落ち人が提供する新しい知識は、それだけでとても目立つ。

しかも、落ち人はこの世界の常識がわからないので、わからないまま進み、それが結果的にやらかしにつながってしまうとのことだった。

憐《あわ》れみの表情で語ったグレイスに、聖と春樹はなんとか口を開く。

「……炭酸水は」

「ありがとう、飲みたかったのよ。ギルドのみんなも興味津々よ」

「……魔物部屋のことは」

「面白い発見よね。この間、調査隊が出たわ」

「……じゃあ、マーボンフィッシュは」

「まだ食べたことないけど、すっごく美味しいみたいね。ダリス支部で話がまとまったら、ここでも買う予定よ」

さらに「あそこの領主が大喜びしてるみたいよ」と付け加えられるが、嬉しくもなんともない。というか冒険者ギルドの情報網が恐ろしい。

「他にも、そうね。料理が神がかり的に美味しいとか、盗賊退治でのお手柄とか、あとはマジック箒とかかしら？」

「「……」」

言葉もないとは、こういうことを言うのだろうと二人は若干虚《うつ》ろな表情で思う。

冒険者ギルドが関わったというか、主にウィクトが関わった情報の全てが筒抜けだった。

そういえば、必ず夜に定期報告してたな、と思い出すも後の祭り。当然仕事の報告なので、邪魔にならないよう離れていたのだが、せめて聞こえる位置にいればよかったと、今となっては心底思う。

というか、神がかり的な料理ってなんだろうかと聖は思ったが、それに関してだけは春樹はなんとも思わなかった。だろうな、くらいの認識だ。

「……ウィクトさんも仕事だし、別に悪いことじゃないし……」

「ていうかウィクトのことだから、料理の詳細説明とかしてたんじゃないか？」

「あら、鋭いわね。あの人の報告の実に七割が、料理の美味しさとその感動に満《み》ち溢《あふ》れたものだったそうよ。フレーラさんからウィクトさんのまとめた情報を報告してもらったんだけど、菩薩《ぼさつ》のような微笑みを浮かべてたのが印象的だったわ」

そうグレイスが笑う。それを聞いた二人は、帰ってフレーラに会った途端にウィクトが青ざめる未来しか見えないなと思った。だが、それはまあ、自業自得というものだ。

「料理といえば、グレイスは特に何も広めなかったのか？　調理法とかこっちにないのあるだろ？」

「あ、無理」

取りつく島もない、即答だった。

「私、料理は全くできなかったのよ。包丁とか触ったら、もれなく指を切り落とすタイプよ」

「怖っ⁉」

「……あー、触っちゃいけない人だね、それは」

思わず自身の姉を思い出した聖が遠い目をしていると、グレイスがそうでしょうと言わんばかりに胸を張る。だが間違っても自慢できることではない。

「私にできることなんて、なにもないのよ」

特にこれといった特技もないし、落ち人のように能力が高いわけでもない。ごくごく普通にこの世界で育っている。

そうため息をついて、グレイスは言う。

「だから、転生と落ち人は全然違うのよ」


転生者は前世の知識があるだけの、この世界で生まれ育った人。

落ち人は全く違う世界から来た、特殊な能力と何かの恩恵《おんけい》を授けられた人。

「だから何かをやらかすのは基本的に落ち人なのよ」と笑うグレイスに、聖も引きつった笑みを返す。

何をやってもやらかしにしかならない、という事実に気づいたのだ。

「ま、それはともかく本題に入るわね」

そんな微妙な空気を咳払いで強引になかったことにして、グレイスは己の職務を全うするために話を進める。聖と春樹も若干ほっとしながら問題を先送りにした。

「魔法を習いたい、ということだけど。それはどの程度の期間を予定しているの？」

「どの程度っていうか……」

「そこまでは考えてなかったな」

はっきり言って、魔法を覚えたい、じゃあ行こうか、紹介状貰えてラッキー、みたいなノリで来てしまったので深くは考えていなかった。

そのため、どうしようかと二人は顔を見合わせる。

「春樹、どう思う？」

「あー、いや、さすがに俺もそこまではちょっと……」

「……勢いで来ちゃったのね」

グレイスの的を射た言葉に、二人は笑みを返すことで肯定した。グレイスの瞳に呆れの色が見える。

「質問を変えるわ。覚えたい魔法は、ある？　あ、こっちに来てまだ日が浅いみたいだから、ぼんやりとしたものでもいいわよ？」

とりあえず言ってみて、と言われ、聖と春樹は相談することなく即答した。覚えたい魔法など、今現在一つしかない。

「空飛ぶ魔法」

「……あー……」

そりゃそうよねー、とグレイスが遠くを見る。

ここに来る者たちの、およそ八割が同じ回答をしていた。当初は違う目的で来ただろう者も、来た途端目的が変わってしまう。それほどまでに、都市に入った瞬間目に入るインパクトはとても強かった。

「そりゃ飛びたいわよねー」

「ああ、移動が便利だろ」

「それに、マジック箒も持ってるし」

「そうよねー……」

特に冒険者は移動に便利という理由から、こぞって空を飛ぶ方法を習いたいと願う。

けれど、願いだけでは叶《かな》わない壁が存在することをグレイスは知っていた。

だからこそ少し迷ったのだが、でも落ち人だし、と思い直した。そして力強い瞳で二人を見据える。

「よし、わかったわ。元同郷のよしみよ。私が徹底的にサポートしてあげるわ！」

「あ、はい？」

「お、おう？」

グレイスが急に気合を入れた理由がわからない聖と春樹。そんなに難しいのだろうか？　と思うも、とりあえず頷いておく。

「私たちはね、生まれてから、まず真っ先に空を飛ぶ魔法の練習を始めるの。だから余程のことがない限り覚えることができる。でもね、外から来た人はその感覚を掴むのに、凄く時間がかかるのよ、通常はね」

それは空を飛ぶ、浮かぶ、といった感覚が理解できないからだ。鳥の気持ちになれ、と言われたところで理解するのは難しい。

「だから習得は年単位ね」

「え、それはちょっと」

「ああ、そんなに拘束されたくないな」

確かに覚えたいが、それほど時間がかかるものなら今すぐじゃなくてもいいかもしれない。

そんな考えが明らかに顔に表れたのだろう、グレイスが「でもね」とにんまりとした笑みを浮かべる。

「落ち人であるあなたたちなら、たぶんそんなにかからないわよ。さっき『通常は』って言ったでしょ？」

「なんで？」

「だって空を飛ぶ乗り物を知ってるし、浮かぶっていう感覚もわかるじゃない」

飛行機乗ったり、トランポリンで遊んだりしたことない？　と聞かれ、頷く。確かにこの世界の住人よりは、そういったものを理解できるかもしれない。

「でも、それって重要か？」

「重要よ。だって、魔法に必要なのは明確なイメージだもの。それに、箒に乗って空を飛ぶアニメとかもあるし、特に違和感もないでしょ？」

「まあ、そう言われるとないけど……」

「でしょ？　そもそもこの国の外から来る人って、まず箒に乗って飛ぶっていうことが納得できないのよ。そこの折り合いをつけるのに時間がかかるの」

箒とは掃除をする時に使うものであり、空を飛ぶ道具ではない。それで空を飛べと言われても、なんで箒？　となるのは当然である。

けれど、聖と春樹はその点だけで言えば、もうクリアしていると言ってもいいだろう。なにせ元の世界で、箒に乗ったキャラクターが空を飛ぶ作品を知っているのだから。

「じゃあ、そんなにかからずに覚えられるか？」

「たぶん、だけど。それと、他に覚えたいものってないの？」

聞かれ、二人は思いついたものを挙げる。

「それ以外なら……魔力量を調べたい。あとは自分の中の魔力残量がわかるようになりたいかな、僕は。春樹は？」

「俺は、そうだな。魔法の基本的なことを覚えたいな。まだ【洗浄】しか使えないし」

「……なるほど。そうよね」

いくら落ち人とはいえ、最初は初心者だ。グレイスは少し考えるように口元に手をやり、思考を巡らす。そして、導き出した人物を頭に浮かべ、ぽつりと呟いた。

「……となると、あの教授がいいかしら……」

「「え？」」

「あ、なんでもないわ。今日はもう遅いし、あとは明日にしましょう。宿はとってあるの？」

「……いや、まだだけど」

「なら、ギルドの部屋を貸しましょうか？　そうね……二人部屋だけど一カ月金貨一枚でどう？　食事はついてないけど」

その格安すぎる金額に、聖も春樹も何も考えず即座に頷いたのは言うまでもない。


そして翌日、教師を紹介するということで、二人はグレイスに連れられて、都市の中心にある塔の中の一室へと案内されていた。

決して狭い部屋ではないはずだが、積み上げられた本や何かの書類、そしてよくわからない器具たちが散乱しているせいで、とても狭く感じてしまう。

むしろ、ソファやテーブルといった応接セットが何事もなく使えていることが奇跡のような場所であった。

「――で、そいつらを僕に預けたいと？」

そう言ったのは、ややぼさっとした水色の髪に、黒いローブを纏った青年。丸いメガネの向こうから金色の瞳が迷惑さを隠すことなく、聖と春樹を見ている。

だがそれに臆《おく》することなく、グレイスはにっこりと笑みを浮かべた。

「ええ、先ほどお話しした通り、二人に飛空魔法を教えてほしいんです。学園長の許可もきちんとあります」

確認しますか？　と聞かれた青年は、煩《わずら》わしそうに手を振った。

「わかった。もういい、さっさと帰れ」

「ありがとうございます。期間は約一カ月になるかと思われますので」

「ああ」

「それでは私はこれで」

グレイスは青年に頭を下げると聖たちに向き直って、じゃあ頑張ってね、と笑顔で帰っていった。

そして残されたのは、どうしていいのかわからない聖と春樹である。

「はー、まったく面倒な」

青年が盛大にため息をついた。そして腕を組み、じろりと二人を見る。

「僕はヘイゼン、この学園で教授をしている。面倒だが仕方がない、とりあえず魔力量を測るか」

「あ、はい」

「お、おう」

唐突な展開に戸惑いつつこくこくと二人が頷くと、ヘイゼンが何かの宝玉を取り出し、目の前に置く。

「どっちでもいい、とりあえず手を置け」

「……じゃあ、俺から」

率先して、言われた通り春樹が手を置く。

するとすぐに、水晶の内側に様々な色が映し出されたかと思うと、青く染まった。

それが何を意味するのかわからなかったが、不思議現象に春樹が目を輝かせ、そして聖が興味深そうに眺める。そこに、どこか感心したような声が聞こえた。

「ほう、なるほど。この僕に押し付けるだけのことはあるじゃないか」

「……どういう意味だ？」

春樹が訝しげに問う。

「ふむ。これは大まかな属性と魔力量を測定する宝玉だ。最初に現れた複数の色が属性で、そのあと安定した色が魔力量になる。こちらの色の違いで、多いか少ないかを判断するんだ」

「……へえ。俺はどんな状態なんだ？」

「全属性で、魔力量もなかなかだな」

「よっし」

それを聞いて、思わずガッツポーズをする春樹。聖も拍手を送る。

「次はお前だ。手を置け」

「あ、はい」

聖が手を置くと、先ほどの春樹と同じように様々な色が映し出される。けれど、次の瞬間全ての色が消えた。

「あれ？」

聖が思わず声を上げると、宝玉から、ぴきり、と嫌な音が聞こえた。そして確認する間もなく、パリンと割れ、そのままさらさらと砂のように粉々になっていく。

あまりの状況に、聖は言葉をなくし、固まる。だが、春樹は何かを期待するかのように、瞳を輝かせ叫んだ。

「っテンプレか⁉」

「何が⁉」

条件反射で問い返す。だが聖はそんな場合ではないと、粉々になった宝玉をじっと見る。

（これはもしかしなくても、弁償《べんしょう》だよね……）

たらりと嫌な汗が背中を流れる。そっと顔を上げると、こちらを凝視する金色の瞳と視線がぶつかった。

「えっと、その、すみません。えっと……」

「……」

聖が戦々恐々としながら謝るが、なぜかヘイゼンは無言で先ほどより二回りほど大きな宝玉を取り出した。

「手を置け」

「あ、はい」

即座に従う。すると今度は砕けることなく、色が安定した。けれど、下が青で上が緑と、なぜか二種類の色が表示されている。

なんだこれ、と答えを求めてヘイゼンを見るも無言で宝玉を見下ろしていた。

「……」

「えーと？」

首を傾げる聖をよそに、何かを考えるように腕を組んでいたヘイゼンは、顔を上げたかと思うと聖に視線を止める。

「……何か魔力の修練をしていたのか？」

「え？　特には……」

「……では、頻繁《ひんぱん》に使っていた魔法はあるか？　魔力を大幅に消費するようなものだ」

「大幅に、ですか？」

「そうだ」

聞かれるも、聖は首を傾げる。

思い当たるものは特になかった。

生活魔法の【お風呂】とか【洗濯】とかは基本的に毎日使っているが、それは微々たる魔力しか消費していないはず。あとは【主夫の目】などのスキルでも魔力は消費されているが、毎日使っているわけではなかった。

他には何かあっただろうかと聖が考え込んでいると、春樹が小さく「……ひょっとして馬車か……？」と呟いたのが聞こえた。すぐになんのことか思い至るも、聖はきょとんとする。

「え、あれのこと？」

「ああ、結構長い間ずっと使ってるだろ？」

「まあ、確かに一番魔力は使ってる気もするけど……そうかなぁ？」

「なんだ、思い当たることがあるなら早く言え」

聖は違うんじゃないかなぁと思うも、僕を待たせるなと言わんばかりのヘイゼンの態度に、やや言いにくそうに告げる。

「えっと、その、ちょっとだけ浮かぶ魔法です」

その言葉に対するヘイゼンの返答は、なぜか少しだけ間があった。

「……それは箒で空を飛ぶということか？」

「違います。ほんのちょっと、ほんとにちょびっと浮くだけです」

このくらい、と指で示すとヘイゼンは怪訝な表情を浮かべる。

「……馬車がどうとか言っていたが」

「それは主に馬車の中で浮いているので」

「なぜだ」

「えっと……」

問われ、聖は仕方なく事情を説明する。

馬車に乗ると酔うので、浮けばいいじゃん、と思って実行したのだと。正直なところ、こんなバカげた理由など言いたくなかったのだが、宝玉を一つダメにしたという罪悪感もあり、渋々口を開いた。しかし――

「理解できない」

「……」

まるで不思議な生き物を見るような目で見られ、聖は落ち込んだ。所詮《しょせん》、乗り物酔いをしない人にはわからないのだろう、あの苦しみが。

そんな聖の頭を慰めるようにぽんぽんと叩き、春樹が口を開く。

「それで、なんでそんなことを聞く？　そもそもさっきの二種類の色はどういう意味だ？」

「……もう一度聞くが、本当に魔力の修練をしたことはないな？」

「ああ、俺も聖もない」

「そうか」

春樹のきっぱりとした返答に、ヘイゼンは言葉を選びながら顎《あご》を撫でる。

「人の魔力量には二段階ある。先天的なものと、修練を積み増加したものだ。最初、ギルドの小娘から魔法の初心者だと聞いたから、主に先天的なものを測る宝玉を用意した」

修練を積まなくとも、多少増加することはある。けれど、その程度のものなら問題なく測ることができる宝玉だった、と付け加えてから、ヘイゼンは春樹を見る。

「現に、ハルキといったか？　お前の魔力量は問題なかった。青一色で、魔力量の増加はまだない状態だ」

だが、と聖に視線を向ける。

「お前の場合、増加値が大きすぎて、あの宝玉が耐えきれなかった」

「……ちなみにどのくらい多いんだ？」

春樹が瞳を輝かせながらヘイゼンに尋ねる。その際、小さな声で「やっぱテンプレだな」と呟いていて、聖の耳にも届いていたのだが、今はそれどころではなかった。

「下の色が先天的な値で、上が増加値だ」

「えっと」

「つまり、先天的な値はハルキと同じ量で、それと同量の増加値もあるという状態だ」

そうなんだ、と素直に頷いた聖だったが、すぐに、あれ？　と首を傾げる。

「なんでそんなに増えてるんですか？」

「だからそれを聞いているんだ」

じろりと見られるも、魔法のことなど全くわからない聖は困ったように首を傾げることしかできない。

「それで、その浮くというのはどの程度だ？　魔力切れになったことはあるか？」

「……いえ、浮いていられるのは、今は大体十五分くらいでしょうか……それぐらいで集中が切れてしまうみたいで」

気づけば途切れているので、また浮かぶを繰り返している、と言うと、再び怪訝な表情をされる。

「……集中が切れて落ちて、またすぐに浮かんでいると？」

「はい、そうですね。魔力を持続させるのって難しいですよね。それでも最初の頃より多少は長くなったんですよ」

そう告げるも、ますます怪訝な表情をされてしまう。意味がわからない。

「……」

そんな中、ヘイゼンは無言で立ち上がると、よくわからないものが積み上がっているところから、何かを持ってきた。それを聖へと差し出す。

「これを右手に、こっちは左手に持て」

「なんですか？」

「右手で持ったのは、現在の魔力残量がわかるものだ。そして左手のは、ただの空の魔石だ」

右手にある宝玉は赤い色がゆらゆらと揺らめいており、左手にある魔石はなんの変哲もない丸い石。

受け取った聖は、これをいったいどうするのか、と視線で問いかける。

「その状態で、左手の魔石に全力で魔力を流してみろ」

「は？」

「魔石の使い方はわかるな？　それと同じように、僕が止めるまで流し続けろ」

「……わかりました」

よくわからないが、聖は言われた通りにする。いつものように魔石に魔力を流すと、すうっと魔力が抜けていく感覚があった。ちらりと右手にある宝玉を見ると、少しだけ赤い揺らめきが減っているように感じる。

「何も考えず、とにかく全力で流し続けろ」

「はい」

言われ、目を閉じて集中する。

ざーっと、勢いよく流れる滝のようなイメージが浮かび上がり、それに逆らうことなく流し続ける。

そして暫し流していると、ふっと流れが途切れているのに気づいたので、目を開けて右手の宝玉を確認する。

（んー……あんまり変わった気がしないな……）

やはり魔力を持続させるのは難しいな、と思いつつ聖は再び魔力を流すことに集中する。だがまたしても、ふと気が付くと流れが途切れており、しかし右手の宝玉には相変わらずなんの変化もない。

それを確認した聖が、もう一度流そうと、魔石に意識を集中しようとした時、制止の声が入った。

「やめろ！」

「聖、ストップ！　ストーップ！」

「……え？」

もういいの？　と思い顔を上げると、唖然とした表情で、ヘイゼンがゆっくりと頭を抱える。一方、春樹の顔はやや青ざめていた。

「え？　なにごと？」

「……聖、体調はなんともないか？　具合悪かったりしないか？」

「えっと、別に普通だけど。どうしたの？」

「聖、よく聞いてくれ。あのな、集中が切れるって言ってただろ？　あれ、集中が切れてるんじゃなくて、魔力切れだ」

「……はあ？」

春樹の言っている意味が聖には理解できなかった。

「気づいたら魔力が途切れているだけだよ？　右手の赤いの、変わってないし」

そう主張したのだが、春樹は首を横に振る。

「宝玉の光はきちんと消えてた」

「え、だって……」

「そうだな、聖が見た時は変わってないもんな」

「は？」

きょとんとした聖に、春樹は説明していく。

目を閉じていた聖には見えていなかったが、宝玉の赤い揺らめきは、時間と共に減っていったそうだ。そして、完全にゼロになったのをヘイゼンと春樹が確認した次の瞬間、一瞬で赤い揺らめきが元に戻ったらしい。

「え、どういうこと？　……もしかして、僕が見てたのって、ちょうど元に戻ったあとって、こと？」

「ああ、みたいだな。あんな状態で魔力切れになってるとは思わなかった……ほんとになんともないんだな？」

自身が魔力切れになった時の症状を思い出しているのか、心配するように確認してくる春樹に、聖は苦笑を返す。

「うん、大丈夫。具合悪くもなんともないよ」

「そっか……ならいい」

安心したように息をつく春樹を見ながら、聖は自身の魔力切れについて考え、ふと首を傾げる。

魔力切れの症状は、人によって様々だ。聖は、ダリスのダンジョンでのボス戦の時に意識を失ったあれが、自分の症状だと思っている。しかし今、意識を失ったわけでもないのに、魔力切れが起きていたという。それはどういうことか。

（……もしかして、集中が途切れた瞬間に、一瞬意識失ってる……？）

本当の自分の症状は、ほんの一瞬だけ気を失うというもので、ボス戦のあと、意識が戻るのに時間がかかったのは、ただ疲れていただけだからではないか。

そう思い至り、なるほど、と聖が納得していると、復活した春樹がウキウキと話し出す。

「しっかしあれだな！　魔力測定器を壊すなんてまさにテンプレ通り！」

「……テンプレなんだ」

「テンプレだ！」

通常運転の春樹に、ついうっかり場所を忘れていつも通りな会話をしていると、忌々《いまいま》しそうな声が聞こえてきた。

「……これだから落ち人は」

二人は思わず口を噤み、振り返る。

聖と春樹は、落ち人であるとは一言も言っていないし、グレイスもそれは伝えていなかったというのに、ヘイゼンは、はっきりとそう口にした。

なぜわかったのだろうかと、誤魔化すことも忘れて、ただじっと見る。

それに対して、ヘイゼンは嫌そうに眉を寄せる。

「……そもそも、空を飛ぶことと魔法の基本の習得をひと月でやるのは無理だ。そんなことをやろうとするのは、余程の無知とバカしかいない」

吐き捨てるかのように言う。

「そして、それを知っているはずの冒険者ギルドが連れてくるなら、それは落ち人という名の非常識の塊だけだ」

ものすごいことを言われた。

「えっと、一応、過去にいたっていう落ち人よりはましだと思ってるんですけど」

「だよな。英雄王とか聖女とかとは一緒にされたくないよな」

チートスで見た英雄王の映像や、聖女の噂、そしてやらかしたと思われる痕跡《こんせき》を思い出し、あれよりはましなはずだと聖と春樹は抗議する。

だが、ヘイゼンは若干憐れみのこもったような視線を向けた。

「……必ずと言っていいほどそう言うのさ。どいつもこいつも落ち人って奴はな」

とてつもなく実感のこもった口調に、聖がなんとなく思い出したのは、グレイスが言っていた五年ほど前に来たという落ち人のこと。

「あの、ひょっとして五年くらい前に来たっていう落ち人が何かやったんですか？」

グレイスは何もしていないと言っていたが、もしかしたら知らないだけの可能性もある。

そう考えて聖は聞くが、ヘイゼンは首を横に振った。

「違うな、そいつとは会っていない。もっと前だ」

「……前？」

訝しげにヘイゼンをじっと見つめる聖と春樹。どう見ても二十代に見えるのだが、もっと前というと、子供の時のことを言っているのだろうか？　と首を傾げる。

「一応言っておくが、恐らくお前たちが考えるよりも、ずっとずっと前のことだ」

「「……？」」

二人の反応に、ヘイゼンは小さく舌打ちした。

「あの小娘は本当に何も言っていないんだな。僕はお前たちが思っているような年齢ではないぞ」

「えっと、実は三十代、とか？」

「いや、もしかしたら超若作りな五十代、とか？」

「僕は約五百歳になる」

「「は？」」

理解できない言葉に、思わずヘイゼンを上から下まで見て、そして顔に戻る。

「ごひゃく？」

それでもやっぱり理解できない聖に対し、もしかしてと春樹が呟く。

「……エルフ、とか？　でも耳が……」

長くない、と言いたげな春樹にヘイゼンが頷く。

「僕はハイエルフだ。初めて見るのだろうが、ハイエルフはエルフとは違い、姿かたちは人族となんら変わりはない」

二人は暫しぽかんとヘイゼンの顔を見つめていたが、あることに気づき、聖が質問する。

「あの、落ち人が盛大にやらかした時のことを、知ってるってことですか？」

「そうだ。英雄王といい聖女といい、他にも大勢いたぞ、非常識の塊が」

「「……」」

実体験からの、落ち人情報だった。

英雄王たちが生きていたのはおよそ二百年前。そりゃあ落ち人のことをよく知ってるし、非常識とか言っちゃうよね、と聖と春樹は深く納得する。だが、自分たちのことは綺麗に棚に上げていた。

「まあ、いい。どれだけ非常識な落ち人だろうが、引き受けたからにはきちんと教えてやる」

ヘイゼンはそう言い放つと、再びよくわからないものが積み上がった場所から、今度はやや薄い青色の宝玉を持ってきた。

「これは僕が作った特製の宝玉だ。お前たちが習得しているスキルと称号を見せろ」

「「え」」

さすがに二人は固まった。称号はともかく、スキルは一般的に隠すものだと教わっている。

しかも、聖のスキルは少々特殊なものが多すぎて、他人に知られたくないものばかり。

二人は視線を逸らして口籠った。

「えっと、それはちょっと……」

「安心しろ。口外することはないし、冒険者ギルドへの報告の義務もない……それに、落ち人のスキルや称号に普通とは違うものがあるというのも知っている」

そうヘイゼンは言うが、それでもまだ逡巡《しゅんじゅん》してしまう。その様子に、ヘイゼンが眉を寄せた。

「……スキルや称号を確認するのは、それによって魔法の教え方を考える必要があるからだ。知らないままでも教えることはできるが、習得速度は格段に遅くなる」

到底ひと月では無理となり、それでもいいなら見せなくても構わないが、とヘイゼンが続けると、聖と春樹はようやく頷いた。

そして、宝玉へと手を乗せ、スキルと称号を見せる。もちろん、聖は【主夫の隠し事】で隠していたものも見えるようにして。

「……」

そう、全部見せた。

春樹のスキルや称号を見た時はそれほど変化がなかったが、聖の番になると、ヘイゼンの表情はごっそりと抜け落ちた。そして、一瞬目を閉じてから、聖を見据える。

「訂正しよう」

「はい？」

「ハルキは確かに、落ち人という名の非常識の塊だ。だが、ヒジリ、お前は違う」

「えっと……？」

何を言われるのか、と思わず身構える聖に、ヘイゼンは淡々と告げた。

「お前はもはや次元が違う。むしろ非常識という言葉を使うと、言葉の方が可哀相だ」

「……」

確かに主夫のスキルは変なものが多い。しかも、どうやらヘイゼンお手製だという宝玉はかなり詳細まで確認できるらしく、他人に経験値を分けたりスキルを貸したりするスキルなど今まで存在しなかった、ときっぱり言われる。

「そもそも、なんだお前の生活魔法は。お風呂？　洗濯？　洗浄はどこにいった。アイテムボックスや料理スキル、主夫のなんとかに関しては、もはや聞く気も失せる」

「……」

そんなこと言われても、というのが聖の率直な感想であった。

聖だって好きで職業が主夫なわけではないし、スキルだって選んでいるわけではない。

確かに今までも変だなーとか、きっと一般的には変なスキルなんだろうなーとは思っていたが、ここまではっきりと言われてしまうと、いっそ清々しかった。

「だから見せたくなかったんです」

「だろうな」

「……それで、スキルや称号によって教え方が変わるってことだけど、聖に関してはどうなるんだ？」

春樹の疑問に、少々考えるように腕を組んだヘイゼンは、そうだなと口を開く。

「とりあえず、お前たちには自分の魔力量を感知することから始めてもらう」

「それは、魔力の残量がわかるようになるってことですよね？」

「そうだ、ハルキはともかくヒジリはその覚え方によって、今後の教え方を変える」

「わかりました」

「ああ、特にヒジリ。お前はとにかく早急に覚えろ」

「え？」

言われ、なぜだろうかと聖は首を傾げる。

「……魔力を増やすには、魔力切れを繰り返すのが一番手っ取り早い方法だ。もちろん個人差はあるがな」

「なるほど」

「だから聖は増えてたのか」

納得する二人に、魔力を限界まで使うと、回復する時に少しだけ魔力の容量が増えていくのだとヘイゼンは説明する。

「じゃあ、今までのように浮いて魔力切れになって……を繰り返せばいいんですか？」

「だからそれをやめろと言っている！」

じろりと睨《にら》まれ、聖は口を噤む。

「いいか？　通常、魔力を限界まで使う時には必ず安全を確保してから行う。もちろん己の魔力量を感知できるようになってからだ」

なぜだかわかるか？　と聞かれ、首を振る。

「もし、己の魔力量が感知できない状態で空を飛んでいたとする。上空で突然魔力切れを起こしたらどうする、死ぬぞ」

「……」

そりゃそうだ、と聖は思った。

魔力を使って浮いているのだ、魔力がなくなれば落ちるのはあたり前のこと。

自身がこれまで大きなトラブルに巻き込まれていないのは運がよかっただけであり、常に危険と隣り合わせだったのだと、聖はようやく理解した。

けれど同時に疑問が湧いた。

「そういえば、なんで僕の魔力はすぐに回復するんですか？」

今まで気にもならなかったが、普通に考えておかしい。聖は首を傾げるも、なぜかすぐさま春樹が断定した。

「主人公属性だからだ！」

「違う」

だが瞬時にヘイゼンに否定される。ヘイゼンは春樹を奇妙な生き物を見るような目で眺めたのち、聖へと説明した。

「お前のそれは、ハルキの言う意味のわからない理由じゃないし、スキルでもない……単に体質だ」

「体質、ですか？」

「そうだ。稀《まれ》にそういう者がいる」

かつて、聖と同じような者が現れた時、研究者たちは最初は何かスキルがあるのだと思い調べたが、見つからなかった。それならスキルの組み合わせが重要なのかもしれないという声もあったが、やはりわからない。その結果、研究者たちは、それは体質であると結論づけたのだった。

「ただ、いくら瞬時に回復すると言っても、それが必ず起こるとは限らない。なんらかの要因で回復までにタイムラグが突然生じたと証言していた者たちもいる」

だからそれをあてにせず、己の魔力量を管理することが大切だとヘイゼンは言った。

「よく、理解できました。まずは何をすればいいんでしょうか？」

「これをつけろ」

ぽいっと、それぞれ渡されたのは二つの指輪。何やらいろいろと複雑な文様《もんよう》が刻まれているそれを見て、二人は首を傾げる。

「両手の中指に一つずつ嵌《は》めてみろ」

少し大きいなと思いつつ言われた通りにすると、瞬時にサイズが調整されぴたりとフィットした。驚いた二人はまじまじと指輪を眺める。

「拳を握って、両手の指輪を合わせてみろ」

「……こうですか？　ってうわっ」

「……なんだ、これ？」

指輪を合わせた途端、何かが体の中をぐるりと駆け巡るような感覚があった。それが魔力なのだと、少ししてから気づく。

「これは、魔力だよな？」

「そうだ。この指輪は、体内の魔力の循環《じゅんかん》を感知しやすくするものだ」

これを使って、魔力感知のイメージを掴めとヘイゼンは言う。しかも、今すぐにと。

だが確かに、これをクリアできなければ先に進めないのも事実だった。

「イメージってどんなのだ？」

「魔力の全体量から残量までを、明確にイメージできるものならなんでもいい」

「なんでもって……」

思わず途方に暮れたような顔をする聖に、ヘイゼンが何かを思い出したらしく口を開く。

「……たとえば、過去の落ち人の例から言うと『ぺっとぼとるの水が増えたり減ったりする感じ』とか『花が咲いたり萎《しぼ》んだりする感じ』とか言っていたな。『ぺっとぼとる』というのは、僕には理解できなかったが」

「「……」」

言っていることはわからなくもないが、恐らく自分たちには全く参考にならないものだろうということは、よくわかった。とりあえず、なんでもいいからイメージしてみろ、と言われ、二人は必死に考える。

「……グラフ、とか？」

「……いや、こう、もっとわかりやすい感じのないか？」

「あ、じゃあいっそゲーム的に数字とか？」

「ゲームか……となると、ＭＰか」

ＭＰねぇ、と暫しぶつぶつと呟きながら指輪を合わせていた春樹だが、すぐに顔を上げた。

「あ、なんかできたっぽい」

「え、ホント？」

「ああ」

頷き、今度は指輪を外して何やら視線を彷徨《さまよ》わせると、再びしっかりと頷く。

「よし、できてる！」

「さすがに早いな。ヒジリはどうだ？」

「……全くできません」

「……そうか」

春樹と同じ方法でイメージしている聖だが、全くできる気がしない。

（イメージ、イメージ……うーんと……）

うまく形にならず唸っていると、その様子を眺めていたヘイゼンが静かに口を開く。

「職業は主夫だったな……それは普段からそういうものに携《たずさ》わっていた、ということか？」

「あ、はい。そうです」

「そうか……では、それ関連で何かイメージできないか？」

いつもやっていたことと言えば、掃除に洗濯に買い出しに料理。何かあるかなと再び考え始めた聖に、春樹が思いついたように言う。

「聖、料理でものを量ったりする時って、なんか使ってなかったか？」

「……計量カップ？」

「たぶんそれだ。それでイメージできないか？」

計量カップ。水をなみなみ入れた状態が、魔力満タンだとすると、傾けて減った分が使った量。メモリがあるので使った量も、残った量も確かにわかる。そして、完全にさかさまになったら空っぽの魔力切れ。

「あ、わかりやすいかもしれない」

そう言った瞬間、聖の脳内にあっさりと習得のアナウンスが流れた。

喜びかけた聖だったが、その名前に沈黙する。

さらに内容を確認すると、こちらを窺う春樹とヘイゼンに、遠い目をしながらなんとか言葉を絞り出した。

「…………うん、覚え、た」

その言葉と様子だけで何かを察した春樹は、少し視線を彷徨《さまよ》わせるも何も聞かない。けれど、出会ったばかりのヘイゼンには、躊躇《ためら》いなどあるはずがなかった。

「なんていうスキル名だ」

「……必要ですか？」

できれば言いたくない、そんな思いを込めて問うが、ヘイゼンは頷く。仕方がなく、聖は告げた。

「……【主夫の計量】です」

「「……」」

やけくそ気味に、内容も説明していく。

【主夫の計量】
主夫たる者、量り間違いをしてはならない時がある。
いろいろなものの総量や残量、分量など、とにかくいろいろ量れる。
もちろん魔力も。

(……うん、知ってた。素直に魔力感知って名前にならないことくらい……ていうか魔力がおまけ扱いっておかしくない!?)

無言の空気がいたたまれず、聖は己のスキルに突っ込みを入れながら二人の様子を眺める。
春樹は明らかに頑張って笑いを堪えようとして失敗しているし、ヘイゼンは微妙な表情で考え込んでいた。

(……うん。どう頑張っても、まともな反応にはならないよね……)

聖は何度目になるかわからない諦めを感じる。そして、どうせこの先も、きっとこんなスキルだらけなのだろうと思い、深々とため息をつくのだった。

6章　転移者と転生者

「あああっ、もう幸せ！　ほんとに美味しいっ」

そう言って、グレイスが満面の笑みを浮かべているのは、聖と春樹が冒険者ギルドに宿として借りた一室だった。

初日の勉強は、とりあえず魔力感知を覚えたというところで終了した。

まだ時間は早かったが、これから教えるための準備に取りかからなくてはならない、明日も同じ時間に来るようにと言われ、ひとまず戻ってきていた。

昼食には遅いが夕食には早い。だが、昼を食べ損ね空腹だったため、食事にすることにしたのだ。

聖が手早く作ったメニューはハイウッサー肉の照り焼き丼。しかもマヨネーズをかけ、温泉卵まで載せたスペシャルな丼である。

実は【主夫の計量】の効果がここで発揮された。今までは勘でやっていた温泉卵のゆで時間が、はっきりとわかるようになったのだ。

どういう感じかというと、じっと見ていたら『まだ早い』とか『今が最適な温泉卵』といった表記が出るようになっていた。さすがにびっくりした聖だが、とても便利なのは間違いない。

だが聖はほんの少し、なぜか何かに負けたような気がしていた。

ともかく、そんなわけでそれを美味しく食べていたところ、グレイスがタイミングよく部屋を訪れ、照り焼き丼を見た瞬間お腹を鳴らした。さすがに無視するのは可哀相だと、ご馳走することになったのである。

「お米も転生してから初めて食べたわ。ものすごく美味しい！　あ、大丈夫よ、覚えのある調味料の味がする、なんて誰にも言わないから！」

付け加えるように「だからたまにご飯ご馳走してね」と言われ、聖は苦笑する。

ご馳走するのは別に構わないが、やっぱりあっちの世界の記憶があるとすぐにバレるもんだな、と感心する。

「しっかし、米が初めてって、なんでだ？　やっぱ高いからか？」

「高いっていうか、デウニッツには売ってないのよ。それに私、ここからほとんど出たことないし」

「え、マジか」

驚愕《きょうがく》する春樹に、グレイスはなんでもないことのように頷く。

「ええ、特に不都合もないしね。それより、今日はどうだったの？」

「そうだね、とりあえず魔力感知は覚えたよ」

「え、もう？」

やっぱりさすが落ち人ね、と感心したように言うグレイスは、照り焼き丼を綺麗に平らげ満足げな表情をする。

「ご馳走様。美味しかった！」

「コーヒーは飲む？　あ、甘いカフェオレの方がいい？」

「甘いカフェオレで！」

ついでにティータイムのドロップ品であるお菓子も出すと、グレイスの目が輝いた。

聖は、やはり女の子は甘いものに目がないようだと思いつつ、横目で何か言いたそうにしている春樹にも同じものを渡す。そして自身はお菓子を食べたい気分ではなかったので、のんびりとコーヒーを飲んでいた。

「あ、気になってたんだけど、その指輪って何？」

「え？　ああ、これ？　ヘイゼンさんからの借り物」

魔力感知を覚えるためにつけていた指輪は、まだ指に嵌めたまま。こうして、常に魔力を循環させることを覚えるようにと言われている。

「さすがに循環させるのは指輪がないとできなくて」

「だよな。うまく動かないんだよな」

そのうえ常にとなると、なかなか難しいものがあった。だが、グレイスはあまり理解できないようだ。

「ふうん、そういうものなのね。私は子供の頃に覚えたからあんまり苦労した記憶がないのよ」

ここの住民はみんなそうだと思うわよ、と言われ、素直に羨ましいと二人は思った。

頭の柔らかい子供というのは、比較的なんでも簡単に吸収する。それもこの魔法漬《づ》けの環境とくれば、英才教育もびっくりな状態になっているだろうことは容易に想像できた。

「あ、そういえば教授のこと名前で呼んでるの？」

「うん、そうだけど？」

「やっぱ教授って呼んだ方がいいか？」

「そうじゃなくて、教えを乞うんだし先生とか師匠《ししょう》って呼ぶべきだと思うの！」

楽しそうにそう言われ、聖と春樹は顔を見合わせる。確かに、そう言われればそうかもしれない、気もした。

「……どっち？」

「そうだな……じゃあ師匠で！」

なんか修業って感じがする、という春樹の主張でそういうことになったのだった。

翌日、さっそく師匠と呼んでみたところ、何やら非常に嫌な顔をされた。

が、意外にも拒否されることはなかったため、最終的にはそう呼ぶことになった。もう勝手にしろ、ということだが。

そんなこんなで、師匠であるヘイゼンに魔法を教わる日々が始まった。

まず、風・土・水・火の初級魔法を覚えるための魔石をそれぞれ渡された。魔力を流し、発動させて覚えるという。

場所は、ヘイゼンの部屋の奥にある空間。上下左右に魔法陣が刻まれているこの部屋は、魔法を使ってもそれが壁に触れた瞬間かき消されるようになっている。

なので「気兼ねなく発動させろ」と言われた二人だが、戸惑うようにヘイゼンを見る。

「えっと師匠、呪文《じゅもん》とかはないんですか？」

「これに関してはないな。覚えたあと、必要があれば適切な言葉が頭に浮かぶようになる」

「じゃあ、とにかく魔力を流せば発動するんだな？」

「そうだ」

それぞれの属性でやりたいことをイメージしながら魔力を流し、魔石から放つようにすればいい。

言われるがままに繰り返す。だが、すぐにうまくいくわけもなく、習得は混迷を極めた。

「あ、成功」

「えっと、一応、成功？」

「……なんか、いまいち威力が」

「え？　なんで落とし穴？」

「って、ちょっ水が俺に!?」

「あ、ごめん。あれ？　春樹の風が竜巻化してる……？」

「……なんでだ……ってこっち来た⁉」

もはや成功しているのかも謎な状態がひたすら続き——

一週間が経ったその日、ようやく春樹がスキルの習得に成功した。

「ってきた！　全部初級魔法とれた！」

「いいなぁ春樹。僕まだ全然だよ……」

何かコツを掴んだのか、いきなり四つ全部のスキルを習得した春樹に対し、聖は相変わらずの状態だった。

すでに【風魔法初級】のスキルはあるので、残りは三つと春樹より難易度が低かったはずなのだが、いまだに何も掴めない。

「……ハルキはできたか」

「おう！」

まあ、予想通りだなとヘイゼンは呟く。

「ハルキは、何をイメージした？　落ち人の世界特有の魔法イメージか？」

「まあ、そうだな」

いわゆる、ゲームや漫画や小説から取った魔法イメージだったので、春樹は頷く。

それに納得して、ヘイゼンは聖に視線を向けた。

「ではヒジリ、お前は？　ハルキと同じようなイメージでやっていたのか？」

「そう、ですね」

「……やはりか」

「え？」

聖は思わずきょとんとする。

「どうやら気づいていないようだが、ハルキの言う落ち人特有のイメージでは、お前は無理だ」

断言され、聖は困ってヘイゼンを見上げる。

「いいか？　お前のスキルはどうやら実生活に直結して覚えたと思われるものが多い。それは魔力感知を覚えた時のことからもわかる」

魔力感知を覚えたのは、計量カップを想像した時のことだった。そして生活魔法やアイテムボックスを習得して、洗濯や冷蔵庫が使えるようになった。

「恐らくヒジリ、架空《かくう》のものを想像して覚えるのは、お前には向かないやり方のようだ」

ヘイゼンは「もちろん絶対にできないとは言わないが時間がかかるだろう」と続ける。

「えっと、じゃあ……？」

「つまり、普段の生活に当てはめてイメージしろ、ということだ。魔力感知を覚えた時のイメージを参考にしろ」

「……」

言われて聖は考える。

（魔力感知の時ってことは、えーと料理とか掃除とかで……）

火の魔法を発動するのなら、ガスコンロにカチッと火をともすようなイメージ。

水の魔法なら、そうだ、洗濯機で渦《うず》を巻いているようなイメージ。

土の魔法は……小麦粉をこねるようなイメージ、だろうか。

すでに習得している風の魔法以外のことを考えて、思いついたイメージそのままに、それぞれ発動してみる。

すると実にあっさりと、習得を告げるアナウンスが脳内を流れていった。聖は納得のいかない表情を浮かべるも、ゆっくりとヘイゼンに視線を向ける。

「……とれました」

「……そうか」

するとヘイゼンも同じような表情で頷いた。打開策を提案したはいいが、こんなにもすぐさま習得できるとは思っていなかったのだ。ちなみに春樹はなぜか満足げに頷いているので、聖は放っておくことにした。

「えっと、それで次はどうしましょうか？」

それぞれの初級魔法は無事習得できたので、これで基礎の基礎はクリアだ。

ヘイゼンは頷いて、数冊の分厚い本をどこからともなく取り出し、二人へと渡す。受け取った二人はその重さに思わず落としかけるも、なんとか堪えた。

「どんな文字でも読めたはずだな？」

「……まあ、読めますね」

「……読めるな」

どういう意味だろうかと思いながら、念のためその本をぱらぱらと捲《めく》ってみたが、問題なく読めた。もちろん知らない文字であるとの認識はあるが。

それにヘイゼンは結構、と満足げに頷く。

「これは、それぞれの初級魔法の特徴をまとめたものだ。明日からはそれを読みながら、ひたすら魔法を使え」

「「え？」」

「ああ、それと魔力切れによる修練も始める」

そして、さらに魔石を手渡された。意味がわからずヘイゼンを見る。

「それは空《から》の魔石だ。寝る前に、魔力切れまで全力で魔力を流せ。聖に関しては二回までだ。それ以上は魔石に入らん」

思わず魔力切れになった時のことを思い出したのか、春樹は微妙な表情で魔石を見つめている。

「それと、魔石は毎日必ず持ってこい。新しいのと交換する」

「わかりました」

「……おう」

――こうして、毎日魔力切れで就寝するという生活が始まった。

日中は本を読みながらひたすら魔法を発動し、ギルドの部屋に戻れば就寝までまた本を読み続ける。そして一日の終わりには、魔石に魔力を流して魔力切れを起こす。

疲れないわけがないが、効率はかなりよかった。

それに聖に関しては、魔力切れを起こしてもすぐさま回復するので、それほど負担はない。そのため、早々にダウンする春樹をよそに、昼食用のお弁当作りが聖の新たな日課となっていた。

修業二日目にして発覚したのだが、ヘイゼンは平気で食事を抜く人種だった。

何かに集中していると、食事などぽいっと後回しにしてしまうのだ。

聖と春樹も、最初は慣れないことの連続で時間もあっという間に過ぎていたので、昼食程度は抜いても平気だったが、慣れてくるとダメだった。その結果、お弁当持参が決定した。

ついでにヘイゼンの分も持参し、問答無用で押し付ける。気づけば朝も昼も夜ですらも抜いていることがあると聞いて、さすがに放っておけないと思ったが故の行動だった。

そして差し入れをすると、いつもではないが、たまにヘイゼンがなんとも言えない表情をすることがあった。

その時の中身はおにぎりをメインにしたもので、疑問に思った聖が聞くと、過去の落ち人が無理難題を持ってくる時に決まって差し入れしてくるのがこれだったとか。

嫌そうにしながらも、少しだけ懐かしそうな表情を浮かべていることに、嫌な記憶だけではなかったのだとわかった。と、ふと疑問に思ったことを聖は聞いてみる。

「そういえば師匠、箒で飛ぶのって、ひょっとして落ち人が原因だったりしますか？」

空は箒で飛ぶもんだ、という習慣が元々この世界にあったとは思えなかった。いや、マジック箒というものがあるくらいなので、ひょっとするかもしれないが、可能性は低い。

そう思って聖は尋ねたのだが、ヘイゼンは不思議そうに尋ね返してきた。

「知らないのか？」

「何がです？」

きょとんとすると、ヘイゼンは少しだけ間をおいて答える。

「……カエデ、という名の落ち人が、この国の創始者であり箒で飛んだ最初の人物だ」

「ええっ」

「まじか！」

聖と春樹は、驚きの声を上げる。

まさか落ち人が国を作っているとは思わなかったのだ。だがすぐに、英雄王も初代国王とか言っていたなと思い出す。

「……ほんとに、過去の落ち人ってやらかしてる……」

「……だな。結構な頻度でな……」

二人揃って遠い目になりながらも、いったいどんな人物がこの国を作ったのかがとても気になった。

期待を込めてヘイゼンを見ると、深々とため息をつきながら話し出す。

「……あれはずいぶんと変わった小娘だったが、本当に最初から最後までやりたいことしかやらなかった。魔法すらも、覚えたのは空を飛ぶことだけだ」

時代はまさに英雄王たちがいたのと同時期。その少女……カエデはどこからともなくヘイゼンの前に現れ、空を飛びたいと言った。それが始まりだった。

「なぜか箒を持っていて、『これで空を飛びたい』と言ってきたが、はっきり言って正気を疑った」

「……まあ、でしょうね」

「……箒、だもんな」

なんだこいつという目を隠しもせず、ヘイゼンは断った。そんなバカげたことに付き合うつもりはないと。だがカエデも譲らない。

「せっかくの異世界よ！　異世界ってことは魔法、魔法ってことは空、空ってことは箒じゃない！　飛ぶしかないでしょ!?」と、全力でのたまった。

「「……」」

それを聞いた聖と春樹は、正直引いた。なんだその理屈はと。意味がわからない。だが、箒で空を飛ぶということに並々ならぬ執着と憧れを持っていることだけは、理解できた。

「まあ、それでも空を飛ぶ、ということには僕も興味があったからな。仕方なく協力することにしたんだ。箒で、というのは理解できなかったが」

つまるところ、根負けしたと言ってもいい。カエデはそれほど粘り強く、かつしつこかった。そして繰り返される押し問答にいつしかうんざりし、元々有り余るほど時間もあるのでいい暇つぶしになるだろうと、ヘイゼンは最終的に渋々受け入れたのだとか。

だが、まさか一つの国が建つとは思わなかったな、とヘイゼンは当時を思い出すかのように目を細める。

「箒で空を飛ぶということが、あんなにも熱狂的な支持を受けるとは思わなかったんだ」

空を自在に飛び回るカエデの姿を見た者たちが押しかけるようになり、やがて勝手に弟子となっていった。もちろんヘイゼンはそのままカエデに押し付けたが。

「だから、正確に言うとこの国を作ったのはカエデではなく、その弟子たちだ。本人は特に何もしていないし、そもそもやる気もなかった。それよりも運び屋の方が大事だと、飛び回っていたしな。それが夢だったらしいが……お前たちの世界はいったいどうなっている？」

そんな意味不明な夢を持つのが一般的なのか？　と聞かれたので、もちろん否定しておいた。正直頭を抱えたい気持ちになったが、それより気になる単語がある。

「……運び屋」

「……箒で」

「ああ、そうだ。『相棒のくろねこを探さなきゃ』とよく言っていたがアレはなんだ？　くろねこというのは魔物の一種か？　それがいると速く飛べるのか？」

「「……」」

ヘイゼンの純粋な疑問に、聖と春樹は沈黙した。

これはつまり、某魔女にものすごく憧れを抱いた落ち人による、異世界文化巻き込み型のやらかしになる。この世界の住人に理解しろ、というのが無理な話であった。

だが、その一方で二人は思う。

カエデという人物は、確かにかなりやらかしたが、望んだ夢を叶えることができた。あちらの世界では決して叶うことのない、手の届かないはずの夢を。

そこだけは素直に称賛できるし羨ましいことだ、と。

でもだからこそヘイゼンには、はっきりと告げなければならないことがある。

「黒猫は魔法とか全くこれっぽっちも関係ないことです」

「そうだな。速度が上がるってこともないし、師匠が気にすることじゃないな」

「……そうか」

何やらわかったようなわからないような、どうでもいいような表情でヘイゼンは頷いた。

そんな風にたまに過去の落ち人のことなどを聞きつつ、概《おおむ》ね順調に訓練は過ぎていった。

そうして、十日が経過した。

聖も春樹も、落ち人は能力が高いと言われる通り、通常では考えられないほどのスピードで魔法のレベルを上げている。

聖は火・水・風・土初級が全てLv５に上がり、さらにレベルアップして中級Lv１になった。

火魔法は、コンロで弱火・中火・強火と切り替えるような感じで、調整可能になった。

水魔法は、水を手から手に移したり、望む方向へ向けて放ったりと、若干曲芸みたいなことができる。

風魔法は、すぱすぱとものすごく切れ味のいい風が出せるように、土魔法は、地面に穴をあけたり、土で望んだ形を作れたりするようになった。

（……たぶん、だけど。覚える内容が普通じゃないんだよね、きっと……）

ヘイゼンがものすごく微妙な表情をしていたのがとても印象的で、聖が自分の魔法について聞くのはやめようと思った瞬間だった。

一方、春樹は全て中級Lv５まで上がり、上級レベル目前になっていた。

なお攻撃も防御も可能な魔法を習得している。

守護者と主夫という職業の違いが関係しているのかもしれないが、聖とは大違いだった。

「なんか、春樹の方が正《まさ》に主人公！　って感じだよね」

聖はそう、感想を口にした。

強そうな職業、きちんとした魔法、しかも訓練すればするだけぐんぐんレベルが上がる。それが物語の主人公というものだろう、と一般的な感覚で思う。

だが、オタク的思考と感覚を持つ春樹の考えは違った。

「何言ってんだよ聖。前にも言ったけど、今の主流は一見戦えなそうな職業とかスキルを持った主人公による、下剋上《げこくじょう》的物語なんだ！　だから聖、自信持て！」

「何そのひねくれた主流。いや、そもそも下剋上とか何に対してしたらいいのかわかんないし、そんな自信とかいらない」

「そう、その返答こそが主人公の証！」

ビバ主人公！　と久しぶりに盛大なスイッチが入ってしまった春樹を、これはダメなやつだと聖は慣れたように諦めた眼差しで見る。

そしてそんな様子を、実に奇妙なものを見る目でヘイゼンが見ていたりするのだが、二人は気づかない。

「……おい、そろそろ僕の話を聞く気はあるか？」

もはや呆れを通り越して面倒くさそうな口調に、聖と春樹は慌ててヘイゼンに向き直る。

「もちろんです師匠！」

「ものすごく聞きたいとも師匠！」

「……まあ、いい。そろそろ次の段階に入るが、いいな？」

もちろん、と揃って頷く。

「では、そろそろ飛空魔法の修練に入る」

「ほんとですか!?」

「よっし！」

次はどんな訓練だろうと考えていたが、ヘイゼンのその言葉に、聖も春樹も揃って喜びの声を上げた。二人とも待ちに待っていた、空飛ぶ魔法だ。

「まずは……そうだな。ヒジリ、前に言っていたように一度浮いてみろ」

「……？　わかりました」

言われた聖は、久しぶりに浮くために魔力を足の下へと少しだけ流して、目を見張った。

前よりも、格段に楽に浮けたのだ。確実に魔法の修練の成果が出ていることに、嬉しくなって口元が緩む。

それを見てヘイゼンがぽつりと呟いた。

「……本当に、浮いてるな」

「浮いてますよ？」

何を今更言っているのだろうか、と思った聖だが、ヘイゼンの心底感心したような表情に、珍しいなと思った。春樹もヘイゼンの顔を見て少し驚いている。

「……どうやら何もわかっていないようだが、通常、宙に浮こうと思えば補助具……この国では箒を持って飛空魔法を使わなければ、成功しない」

「「え？」」

驚き、春樹は聖が浮いているのを見て、そして聖は己の足もとを見て、二人揃ってヘイゼンへと視線を移す。

「……僕、浮いてるよね？」

「……補助具って、ないよな」

「だから言ってるだろう、非常識だと。まあ、魔力の流れを見る限り、やろうと思えば僕にはできそうだが……魔力の無駄遣いだな」

だから頻繁に魔力切れを起こす羽目《はめ》になったんだ、とヘイゼンは目を細めて告げる。

「……無駄遣い」

以前よりも魔力を扱うのがうまくなったから楽になったのかな、と思っていたのに、まさかの無駄遣い呼ばわり。ならば以前はいったいどれだけの無駄があったのだろうかと、聖は思わず遠い目になった。

「……師匠、なら聖のこの魔法は、飛空魔法とは別物なのか？」

「恐らく。風魔法の一種ではあるだろうが、別物だ。というかヒジリの覚える魔法に関しては、全て別物だと認識した方がいっそ諦めがつく」

「諦めないでください！」

聖は思わず叫んだ。だが、そんな彼にヘイゼンは淡々とした口調で告げる。

「……お前はそんなに、僕の精神的負担を重くしたいのか？」

「精神的負担がかかるレベルなんですか⁉」

聖はちょっとだけ泣きたくなった。けれどヘイゼンはさらなる追い打ちをかける。

「そもそもお前のスキルを見た時から嫌な予感はしていたんだ。火魔法を使えば炎が円形状に連なり、土魔法を使ったかと思えば地面に突然穴があく。しかもそこにあった土はアイテムボックスに入ってるだと？　非常識も大概にしろ」

「……」

炎が円形状に連なるのは、聖の想像がガスコンロなので仕方がない。

そして、地面に穴をあけたら、その分の土が勝手にアイテムボックスに入っていたのは聖の意図したところではない。いつの間にか【とりあえずボックス】という項目が増えていたのも、この土ってどこに行ったんだろうな、とか考えていたせいではないはずだ。

……だといいな、と思ってしまう聖に対し、ヘイゼンはきっぱりと告げる。

「よって、お前が覚えることに関しては、全てが常識外だと認識した上で取り組まないとやってられん」

さらに「過去の落ち人どもと比べてもこれほど意味のわからん奴は初めてだ」とまで告げられて、ついに聖は膝から崩れ落ちた。

だが、その反対に春樹はものすごく喜んでいる。「特殊なスキル！　これぞ主人公！」と歓声を上げているのだが、聖には春樹の主人公像は迷走しているようにしか見えなかった。

そんな二人にもはや珍獣《ちんじゅう》でも見るかのような目を向けながら、ヘイゼンは言う。

「とりあえず……浮遊魔法とでも呼ぶか。それはこれから教える飛空魔法とは違うものだ。そこは間違えるな」

「……はい」

「おう！」

なんとか無理やり持ち直した聖と、大変絶好調な春樹。

そんな対照的な返事と表情をする二人の前で、ヘイゼンは先日とは違う本を積み上げた。

「分厚っ⁉」

「これが飛空魔法を覚える上での、必須知識だ」

まるで辞書のような本三冊を前に、聖と春樹は口元を引きつらせる。

決して本を読むのは嫌いではない。特に春樹はジャンルが偏《かたよ》るとはいえ、趣味は読書なため、本を読むのはむしろ好きな方だと言える。だが、さすがにこの厚さとなると話は別であった。

「あの、師匠？　本当にこれ全部必要なんですか？」

「必須知識だと言ったが？」

「……箒で空を飛ぶための魔法、なんだよな？　飛空魔法って……」

「ああ、その通りだ」

釈然としない聖と春樹に頷き、ヘイゼンは己の箒を取り出した。

全体が黒色で覆われており、金色で蔓《つる》のようなものが描かれている箒。ヘイゼンはその柄《え》の一部を指で示す。

そこには小さくハンコのようなものが押されていた。

「外を箒で飛ぶには許可が必要になる。これがその印だ……なんでも、お前たちの世界で一定以上の能力を認められた者に贈られる言葉だと聞いている」

二人は見間違いかと一瞬疑ったが、丸い枠の中に書かれている言葉は『免許皆伝《めんきょかいでん》』。

確かに、間違ってはいないのだろうが、こんなところに日本語が使われているとは思いもしなかった。その文字に懐かしさを覚えると同時に、本当に過去の落ち人はやりたい放題だなと再認識する。

「これがないと、飛べないのか？」

春樹の言葉に、ヘイゼンは頷く。

「そうだ。あの当時は誰もが魔法を覚えた途端、すぐさま空を飛び回っていた。だが、未熟な者が多くて当然ながら事故が多発した。それに頭を抱えた弟子たちが、国を作るのと同時に、許可制にしたんだ」

この本は、その許可を得るために必要な参考書だとヘイゼンは説明する。

（……車の免許とか、そんな感じなのかな）

そんな風に考える聖だが、まさか車ではなく、空を飛ぶための免許を取ることになるとは想像もしていなかった。

「じゃあ、試験があるってことですよね？　筆記ですか？」

「いや、口頭による問答と実技になる」

それもまずは口頭による問答に合格しなければ、実技を教わることも禁じられているとヘイゼンは言う。

過去に実技だけを先に習得し、口頭による問答をすっぽかして飛び回る者がおり、結果あちこちで墜落《ついらく》事故を起こすということがあった。それ故、事故を防ぐために先に問答試験に合格することが義務付けられ、なおかつ人格に問題がないことを確認する決まりになったという。

そしてこの時、都市の上空に外に出ないように結界が張られたらしい。

初めて知った結界の存在に驚きつつ、なんともはた迷惑な人がいたもんだ、と思った聖だが、ふと気が付き念のため確認する。

「……まさか、その迷惑な人って落ち人じゃないですよね？」

「いや、違うな」

恐る恐る問いかけた聖は、その返答に心底安堵した。

それはとある国の王族の血をちょこっとだけ引いた者で、無駄に魔法の才能が少しだけあったため天才だと勘違いして増長した、本当のおバカさんだった。

「え、それって結局どうしたんですか？」

「いくらちょこっとだけでも、王族だったら面倒事とかあったんじゃないのか？」

どんなに遠戚《えんせき》でも王族の血を引くと認められていれば、それは平民とは天と地の差がある。身分制度に馴染みのない聖と春樹だが、それでも大事になったんじゃないかということぐらいは想像できた。

「そうだな。だが、散々あちこちで揉め事を起こしていたからな。捕縛《ほばく》して魔封じを施して放り出した。もちろん面倒事を嫌ったそいつの国も、奴を一族から抹消《まっしょう》した。当然だがな」

「そのあとのことは知らん」と心底どうでもよさそうに告げたヘイゼンは、いまだ微妙な表情を浮かべている二人に現実を突きつける。

「それよりも、その参考書だ……そうだな、五日やろう」

「は？」

「え？」

何を言っているのか理解できず、聖と春樹はただじっとヘイゼンを見つめる。そんな困惑した様子を一切無視したヘイゼンは、少しだけ口の端を上げて言い放った。

「五日でその内容を全て覚えてこい。十分だろう？」

「……で、そういう状態ってわけね」

「「うん」」

ギルドにある部屋の一室で、分厚い本を抱えてひたすらぶつぶつ呟きながら答えたのは、聖と春樹。

いつものようにご飯を食べようとやって来たグレイスが見たのは、正にそんな状態の二人だった。

——あの時、さすがにこれを五日で全て覚えるのは無謀すぎると抗議した二人だったが、残念ながらヘイゼンの意思を変えることはできなかった。

落ち人というのは基本的に全ての能力が高く、記憶力といったものも当然良い。それに一カ月という短すぎる期限をつけたからには、このくらいできてもらって当然だと断言された。

期限をつけたのは聖と春樹ではなく、短期間がいいなとの希望をくみ取ったグレイスなのだが、その時点で反対しなかったので今更否は言えなかった。

そして仕方がなく、泣く泣く了承して戻ってきて地獄のような缶詰状態になっている、というわけだ。

聖はグレイスに向かって思わず苦情を口にする。

「なんで三冊もあんの!?　無理！」

「ああ、それ覚えるのは一冊分よ？　残りは問題と答え」

「え？　そうなの？」

さらりと言われ、よく見てみると確かにそうだった。一冊だけならまだなんとかなるかもしれない、と若干希望が見えた聖は安堵の息をつく。だが、敵は分厚い辞書のような本。一筋縄ではいかない。

春樹がふと顔を上げて聖を見た。

「……聖、速読とかってできたっけ？」

「やったことないよ。あー、春樹はできるんだっけ？」

「ああ」

そう、春樹は短い時間でより多くの物語を読むためだけに、速読を習得していた。まさか異世界に来てこれが役立つとは思わなかったな、と言いながら春樹が読み進めるスピードは、確かに速い。というか速読ってそんなに速いもんだっけ？　と聖が疑問に思うほどの速度だった。

「速読ね……なるほど。動体視力が上がってる分、速度も上がるのね……」

「あ、なるほど」

「そうなのか？　道理でサクサク読めると思った」

へぇ、とグレイスの言葉に納得する春樹の手元の本は、すでに半分に達していた。ちなみに聖はまだほんの少ししか進んでいない。どうして速読という能力を身につけておかなかったのだろう、と過去の己を悔やんでしまう。

「……僕、読み切るだけで精一杯かもしんない」

「……そうね。よし、私に任せて」

「え？」

途方に暮れる聖を見て、グレイスがにっこりと笑って拳を握った。

「私が要点を教えてあげる」

「要点？」

「そう、ものすごくいろいろ書いてあるように見えるけど、基本はすっごく簡単なことなのよ、それ」

聖は手元の分厚い参考書を見る。だが、まだ少ししか読めていないため、内容はあまりわからない。

「ざっくり言うと、他人に迷惑かけちゃダメってこと」

「ざっくりにもほどがあるっ!?」

聖は思わず突っ込んだ。だがグレイスは首を振る。

「それがここでは意外と難しいのよ――でも私たちには割と簡単よね？」

だって、日本人としての記憶があればそれだけで半分はクリアよ、とグレイスは言う。

たとえば、空を飛んでいる時に猛スピードで他人を追い越してはいけない、急停止は危険、ぴったり後ろについてはいけない、手放し飛行はやめよう、などなど。

「……それほんとに基本中の基本な気が……」

内容を聞けば聞くほど、ああうん、そうだねということばかり。なんとも言えない表情で頷く聖に、グレイスが笑う。

「でしょ？　でもそれが意外と守られないし、理解されないのよ」

グレイスが言うには、猛スピードで他人を追い越すと、びっくりして最悪その人が落ちる可能性もあるから禁止、と言っても、落ちたらそいつの腕が未熟なだけで自己責任だろ、となってしまうらしい。

「それって常識の違い……？」

「そうね。剣や魔法があって、戦うことが身近にあるせいか好戦的なのよ」

「なるほど、でもだとすると結構大丈夫そうだね」

「でしょ？　あとは、そうね」

人のいる町や村を通る時は、住民を不安にさせないように見えないぐらい上空を飛ぶこと。門を通らずに、直接町中に下りたり飛行したりするのは禁止。もちろんデウニッツに関しては別だけど、とグレイスは付け加える。

ちなみに町の中から外へ行くのは、住民の迷惑にならないところからなら許可されている。そして、あたり前だが国境門を空から抜けるのも禁止で、必ず門を通ることが義務付けられている。

それに、とグレイスは続ける。

「許可の印を見たでしょ？　空を飛ぶことを許可された人の名前と箒は、必ずデウニッツと冒険者ギルドに登録されるの」

だから、何か違反があればすぐさまその国の冒険者ギルドに連絡が行き、そしてその違反内容によって罰金か、酷い時には許可が取り消されることもあるという。

「……まあ、基本に関しては、こんなとこかしら」

「……うん、大丈夫」

これならなんとかなりそうだ、と聖は少し笑顔になった。

だが、グレイスが微妙な表情を浮かべ、言いにくそうに口を開く。

「……そう、基本に関しては、ね」

「え？」

「私はここで育ったからあんまり違和感もないんだけど、元の記憶と照らし合わせると、やっぱりちょっとね」

「……？」

そのはっきりしない言い回しに聖が首を傾げていると、グレイスは問題集を手に取りぱらぱらと捲《めく》る。

「……そうね、これ見て」

「えっと」

そこに書かれていたのはこんな問題だった。

Q．上空を飛んでいる時、ドラゴンに出会った。どうする？
一　猛スピードで逃げる。
二　その場で停止し、敵意のないことを示す。
三　ドラゴンを叩き落とす。

なんだこの問題、と思わず眉を寄せながらも聖は答えようと口を開く。

「……どう考えても一か二に決まっ」

「三に決まってるじゃない」

「え？」

聞き間違いか、と思い顔を上げる。だが、グレイスは先ほどまでとは違い、真剣な表情でのたまった。

「空は箒で飛ぶ私たちの領域。格の違いを見せるのが正しい行動なのよ！」

「ええっ⁉」

いきなりぶっ飛んだ異世界の常識に、聖はついて行けない。はっと我に返ったグレイスが慌てて言い直す。

「あ、使役されてるドラゴンは別よ？　もちろんこっちが上だっていうのは譲らないけど」

「譲らないの⁉」

「あたり前じゃない」

「……」

断言された。

箒以外で空を飛ぶもの、主に魔物に対しては譲ってはいけないのが常識なのだと付け加えられ、聖は途端にいろいろな自信がなくなった。

「えっと、さすがに、それは無理。僕、無理」

「大丈夫、そんな頻繁に会わないわよドラゴンなんて」

グレイスがけらけらと笑う。実際遭遇することがあっても戦うことなどほぼないし、そもそもそんなことをしていたら命がいくつあっても足りない。

「だから、要は心構えの問題よ。そういう気持ちで空を飛びましょうってこと」

「それならいい……のかどうかは疑問だけど、それ……いる？」

「いるわよ、空を飛ぶことを教えてくれたカエデ様に敬意を表さなくちゃいけないもの」

敬意とやらの方向性が聖には全く理解できなかった。だがその名前を聞いて別のことを思い出す。

「あ、そう言えばその人って、落ち人なんでしょ？」

「……そうよ。本名は、松木《まつき》楓《かえで》っていうの」

そう言ったグレイスの表情が、どこか懐かしむようなものに見え、聖は首を傾げる。

「……英雄王の時代の人、だよね？」

「そうね……んー、でも、言ってもいいかな？」

今まで誰にも言ったことないんだけど、と前置きしてグレイスは続ける。

「私がこの世界に転生するきっかけは事故だって言ったじゃない？」

「うん」

「実はね、親友と二人でいた時に事故に遭ったの」

グレイスはその時のことを聖に語った。

楽しくお喋りをしながら、青信号の横断歩道を渡っていたあの時。横断歩道の真ん中まで来た時に聞こえた音と、何かの悲鳴。気づいた時には彼女たちの眼前にトラックが迫っていた。

「――で、そこで私の記憶は途切れてるから、たぶん即死ね」

「……まさか」

「ええ、そのまさか。私は転生で、あっちは落ち人だから、ぶつかる直前に転移かな？」

当然グレイスは最初、そのことを知らなかった。けれど学び舎《まなびや》に通い始めて、建国当時の資料などを見るようになり、薄々気づき始めていた。そしてそれが確信に変わったのは、空を飛ぶ実技試験に合格し、印をもらったあと。

「箒の印はね、塔の奥にある部屋で押すことになるんだけど、その時に必ず通される部屋があるのよ――そこにね、メッセージがあったの。私宛《あて》の」

グレイスは「内容は秘密。行けばわかるわよ」と嬉しさと寂しさが入り交じったような表情で微笑む。

「楓と会うことはできなかったけど、そのメッセージを見て、人生満喫《まんきつ》したんだってことだけは理解できた。だから私も自分の人生、全力で生きるの」

だから同情とかはいらないわよ、と手をパタパタと振るグレイスに、聖はただ頷いた。

「あー、一応聞いてもいいか？」

そこに、いつの間にか手を止めて話を聞いていた春樹が、なんとも言えない表情で口を挟んだ。

「ん？　なに？」

「いや、親友だってことは……お前もあの作品の大ファンなのか？」

「もちろんよ」

グレイスは即答した。そこにはコンマ一秒の迷いもない。そして力説する。

「楓の気持ちはよくわかるわ。むしろよくやった！　と褒め称えたいくらい。私ってば、この国に生まれてほんっとうに幸運よ！」

どうやら二人揃って超がつくほど熱狂的なファンだったらしい。聖と春樹は若干引きつった表情でそっと距離を取る。だがグレイスはそれに気づかない。

「私たちが知ってる猫って、この世界にはいないみたいなのよね、猫族はいるのに！　……それっぽい黒い動物いないかしら？　いっそのこと、魔物でもいいんだけど」

そして、ぜひとも広めたいと意気込むグレイスに、聖は献上《けんじょう》するかのようにフルーツ牛乳を捧げ渡すことで落ち着かせ——ようとしたが失敗した。

「フルーツ牛乳じゃない⁉　なんでこんなものがって、え？　ドロップ品？　……あるの？」

どうやら知らないものだったらしく、ダリスのダンジョンの魔物が落とす、ということを伝えると「……まだまだ勉強不足ね」と言いながらも嬉しそうに飲み始める。もちろん腰に手を当てて。

「あ、そういや師匠に聞けば、楓のこと教えてくれると思うぞ？　建国当時の知り合いらしいし」

「……そう、なんだけど」

春樹の提案に、グレイスは先ほどまでの勢いをなくし、口籠る。

実は彼女は、気難しいと評判のヘイゼンが、少し苦手だった。

二人を連れていった時は、仕事モードで頑張ったのだと白状する。

「……でも、師匠って結構、普通に会話してくれるよ？」

「そうだな。意外ときちんとこっちの様子も見てくれるしな」

聖と春樹も、確かに最初はとっつきにくいな、と思った。

けれどヘイゼンは、嫌そうにしながらも、問いかければきちんと返してくれるし、こちらの言うことも最後まで聞いてくれる。修練の最中も、一見こちらを見ていなそうなのに、魔力が乱れるとすぐに指摘して軌道修正してくれるのだ。

「面倒見いいよ？　師匠って」

「本人は絶対否定するけどな」

ここまで世話を焼かれるのは、落ち人だから、というのもあるだろう。特に聖などかなり突拍子もない結果になるから、きちんと見ていないと危ないとの考えもあるのかもしれない。

けれど、それを差し引いたとしても、とてもいい人だ、と聖と春樹は思っている。

だからこそグレイスに告げる。

「師匠って、意外と押しに弱いから強気で行けばなんとかなるよ」

「そうだよな。生理的に受け付けないような内容じゃない限り、押して押して押しまくればどうにかなる」

そうしたら途中で諦めと面倒くさそうな表情で受け入れてくれるよ、と聖が補足すると、グレイスが頬を引きつらせた。

「……ものすごく、酷いことを言ってる自覚は、ある？」

「「え？」」

思わず顔を見合わせる。

「そう？」

「そうか？」

「……そう、ヘイゼン教授って苦労性だったのね……おかげでなんだか苦手意識がどっか行っちゃったわ」

グレイスはそう言って苦笑した。

そして翌日からは勉強漬けの日々。ヘイゼンからこの期間は顔を出さなくていいと言われているので、本当に文字通り勉強するのみだった。

春樹は速読を生かしてひたすら本を読み込み、それができない聖はグレイスに指示された箇所を優先的に読んでいく。

だが、朝から勉強と言ってもずっと集中力が続くわけもなく、特に昼食後は著《いちじる》しく途切れてしまった。簡単に言うと、睡魔が襲ってくる魔の時間帯である。

「あー、無理だ！　目が疲れる！　眠い！」

「……うん、文字がぼやける……」

春樹が本を放り投げ頭を振る様子に顔を上げた聖だが、その目はトロンとしており閉じられる寸前だった。

（……えーと、眠気をさますには……）

ぼやーっとしながらも、なんとかしなければという思考回路が働き、聖は提案する。

「レモの実、食べる？」

「え」

こういう場合の対処法はレモの実、という危険な図が無意識下に出来上がりつつある聖の脳内。

それをなんとなく察した春樹は若干口の端を引きつらせる。

「……せ、せめて炭酸水に入れてくれ」

「あ、そうだね。ちょっと濃いめに入れるね」

ここでようやく目が覚めた聖が手早く飲み物を用意して、二人は一息ついた。

いつもより濃いすっぱさが、疲れた頭にはとても心地よい。

「にしても、異世界に来てまで勉強するとはな……」

ため息をついた春樹に、聖は首を傾げる。

「え？　でも、学園ものだっけ？　ファンタジーって、そういうのもあるんでしょ？」

「……あるけど、これは何か違う気がする……」

春樹の心情的な問題のため、はっきりとした違いを述べられず、思わず言葉を濁す。

そんな様子に聖は、よくわからないが春樹が言うならそうなんだろうくらいの認識で頷いていた。

「どっちにしても僕、こんなに詰め込み勉強したことないよ。春樹もでしょ？」

「へー、そうなんだ」

「まあな」

二人とも基本的に、復習予習と宿題はその日のうちに終わらせるため、テスト前に焦って徹夜で勉強、なんてことをしたことがない。飛び抜けて成績優秀というわけではなかったが、平均より上をキープしていたため、ここまで一日中ひたすら勉強をしたことはなかった。

そのため二人は、かつてないほどの疲労を感じていた。

聖はこめかみをぐりぐりと揉みながら、何気なく視線を窓にやる。

気分転換に窓でも開けようかなと思っての行動だったが、そこにうっすらと何かの影が見えた。

次いで、窓を叩くコンコンという音が鳴る。

「え、なに？　ってかここ二階……」

「……？　人、か？」

顔を見合わせ、訝しく思いながらも立ち上がり、そして窓を開ける。

そこにいたのは――

「グレイス⁉」

「こんにちは。進み具合はどうかしら？」

箒に跨り、空に浮いているグレイスだった。

「うわっ、グレイス飛んでる！」

謎の感動を覚えた聖に、春樹も瞳を輝かせてグレイスを見る。

「本当に飛べるんだな！」

何を今更、な春樹の言葉にグレイスは苦笑して、そして笑みを浮かべる。

「もう少し頑張ったら、あなたたちも飛べるわよ――それで、どんな感じ？　時間がないのもわかるけど、適度に休憩しないと効率悪いわよ」

「まあ、ぼちぼちかな。ちょうど今は休憩してたところ。グレイスはこれからどこか行くの？」

「ええ、ちょっと用事があって。じゃあ、また夜に来るから頑張ってね」

顔を出しに来ただけなのだろう、ひらひらと手を振りながら、グレイスは優雅に空を飛んでいく。

それを羨ましそうに見送って、春樹は口を開いた。

「なあ、聖。空を飛べるようになったら何したい？」

「んー、そうだね……」

春樹も、そして聖も視線は空に向けたまま。そこには自由に空を飛び回る人々の姿があり、聖はそれを目で追いながら思いついたことを口にする。

「……ああ、雲の上に行ってみたいかも」

それはなんとも子供じみた夢かもしれない。だが春樹は否定することなく、楽しそうに目を細める。

「いいなそれ。雲の上で昼寝とかしてみたいよな」

「きっと、ふわっふわだよ。それに、もしかして人が住んでたりしてね」

「空の住人か！　それは心惹《ひ》かれるな！」

「うん、絶対面白そう」

目を輝かせた春樹に、聖も笑う。

何せここは異世界。あるはずのないものがあり、叶わないはずの夢が叶うかもしれない、そんな世界だ。想像するだけで、何もかもが楽しく心が躍る。

「さてと、休憩終わり！　まずは口述試験に合格しないとね！」

「だよな。さ、頑張るとするか」

「うん」

大きく伸びをして気持ちを切り替える。そして、開け放たれたままの窓を背に、二人は勉強へと戻った。

絶対合格しようと、頷き合いながら。

チートなタブレットを持って快適異世界生活

AUTHOR
ちびすけ
CHIBISUKE

アプリのおかげで超快適な異世界ライフ!!

［第12回］
アルファポリス
ファンタジー小説大賞
特別賞
受賞作!

**鑑定、買い物だけじゃなく
キケンな魔獣も楽々ペットに!**

家でネットショッピングをしていた青年・山崎健斗は、気が付くと、いかにもファンタジーな街中にいた……タブレットを持ったまま。周囲の様子から、どうやら異世界に来てしまったらしいと気付いたケント。さらにタブレットを操作してみると、アイテムや人間の情報が見えたり、地球のものを買えたりするアプリを使えることが判明した。雑用係として冒険者パーティ『暁』に加入した彼だったが——チートアプリ満載のタブレットのおかげで家事にサポートに大活躍!?

●定価：本体1200円＋税　●Illustration：ヤミーゴ

●ISBN 978-4-434-27055-0

元Sランク勇者の
天然やりすぎファンタジー開幕！

魔境と恐れられる最果ての街に、一人の少年がふらりとやって来た。彼の名は、ロイ。Fランクの新人冒険者である。魔物蔓延る過酷な辺境での生活は、彼のような新人にはあまりに荷が重い。ところがこの少年、実は魔王を倒した勇者だったのだ。しかも、ロイにはその自覚がまるでないものだから、周囲は大混乱!?
規格外新人冒険者のちょっと賑やか（？）な辺境生活が始まる！

●定価：本体1200円＋税　●ISBN 978-4-434-27061-1

illustration：ひづきみや

トリティカーナ王国の英雄、ムーンオルト家の末弟であるアレクは、紫の髪と瞳の持ち主。人が生まれ持つことのないその色を両親に気味悪がられ、ある日、ついに家から追放されてしまった。途方に暮れていたアレクは、偶然二人の冒険者風の少女に出会う。彼女達の勧めで髪と瞳の色を変え、素性を伏せて英雄学園に通うことになったアレクは、桁外れの魔法の才能と身体能力を発揮して一躍人気者に。賑やかな学園生活を送るアレクだが、彼の髪と瞳の色には、本人も知らない秘密の伝承があり——

◆各定価：本体1200円＋税　◆Illustration：福きつね

アルファポリスで作家生活!

新機能「投稿インセンティブ」で報酬をゲット!

「投稿インセンティブ」とは、あなたのオリジナル小説・漫画をアルファポリスに投稿して報酬を得られる制度です。投稿作品の人気度などに応じて得られる「スコア」が一定以上貯まれば、インセンティブ=報酬(各種商品ギフトコードや現金)がゲットできます!

さらに、人気が出ればアルファポリスで出版デビューも!

あなたがエントリーした投稿作品や登録作品の人気が集まれば、出版デビューのチャンスも! 毎月開催されるWebコンテンツ大賞に応募したり、一定ポイントを集めて出版申請したりなど、さまざまな企画を利用して、是非書籍化にチャレンジしてください!

まずはアクセス! アルファポリス 検索

― アルファポリスからデビューした作家たち ―

ファンタジー

柳内たくみ
『ゲート』シリーズ

如月ゆすら
『リセット』シリーズ

恋愛

井上美珠
『君が好きだから』

ホラー・ミステリー

椙本孝思
『THE CHAT』『THE QUIZ』

一般文芸

秋川滝美
『居酒屋ぼったくり』シリーズ

市川拓司
『Separation』
『VOICE』

児童書

川口雅幸
『虹色ほたる』
『からくり夢時計』

ビジネス

大來尚順
『端楽(はたらく)』

この作品に対する皆様のご意見・ご感想をお待ちしております。

おハガキ・お手紙は以下の宛先にお送りください。

【宛先】

〒150-6005 東京都渋谷区恵比寿4-20-3 恵比寿ｶﾞｰﾃﾞﾝﾌﾟﾚｲｽﾀﾜｰ 5F
（株）アルファポリス　書籍感想係

メールフォームでのご意見・ご感想は右のＱＲコードから、
あるいは以下のワードで検索をかけてください。

アルファポリス　書籍の感想　検索

ご感想はこちらから

本書はWebサイト「アルファポリス」（https://www.alphapolis.co.jp/）に投稿されたものを、改稿のうえ、書籍化したものです。

一般人《いっぱんじん》な僕《ぼく》は、冒険者《ぼうけんしゃ》な親友《しんゆう》について行《い》く2

ひまり

2020年 1月 31日初版発行

編集－村上達哉・篠木歩
編集長－太田鉄平
発行者－梶本雄介
発行所－株式会社アルファポリス
〒150-6005 東京都渋谷区恵比寿4-20-3 恵比寿ｶﾞｰﾃﾞﾝﾌﾟﾚｲｽﾀﾜｰ5F
TEL 03-6277-1601（営業）　03-6277-1602（編集）
URL https://www.alphapolis.co.jp/
発売元－株式会社星雲社
〒112-0005 東京都文京区水道1-3-30
TEL 03-3868-3275
装丁・本文イラスト－Tobi（https://tobi55555.tumblr.com/）
装丁デザイン－AFTERGLOW
印刷－中央精版印刷株式会社

価格はカバーに表示されてあります。
落丁乱丁の場合はアルファポリスまでご連絡ください。
送料は小社負担でお取り替えします。
©Himari 2020.Printed in Japan
ISBN978-4-434-27056-7 C0093